4

錬金王

Illust. ゆーにっと

解雇された宮廷錬金術師は辺境で大農園を作り上げる

～祖国を追い出されたけど、最強領地でスローライフを謳歌する～

「きゃっ！　冷たっ！」
ティーゼ
レギナ
「てえーい！」

イサギ

「うむ！
いい場所だな！」

ライオネル

靴を脱ぎ、靴下を脱ぐと、長ズボンの裾を巻き上げて、
ゆっくりと足を浸す。
ひんやりとした水が足を包み込んでくれて心地いい。
水が足の間や指の間を通り過ぎることによって、
水の流れを肌で直接感じられる。

「あの、変じゃないでしょうか……？」
見惚れていると、メルシアがどこか
不安そうにしながら尋ねてくる。
いつもは凛としているのに私服になった途端に
気弱になっているのが可愛い。
メルシア

解雇された宮廷錬金術師は辺境で大農園を作り上げる

～祖国を追い出されたけど、最強領地でスローライフを謳歌する～

4

錬金王

Illust. ゆーにっと

目次

1話　宮廷錬金術師は平穏な朝を享受する

目を覚まし、身支度を整えると俺はリビングへ移動した。

台所にはメイド服姿に身を包んだ黒髪の女性がおり、鍋をかき混ぜている様子だった。

「おはようございます、イサギ様」

「おはよう、メルシア」

彼女はメルシア。帝国にいた時に俺の錬金術の助手を務めてくれていたメイドだ。

宮廷錬金術師を解雇されて途方に暮れていた俺をプルメニア村に誘ってくれて、こうして今も身の回りの世話をしてくれている。

「朝食がすぐに出来上がりますので席に着いてお待ちください」

「わかった。ありがとう」

どうやら手伝える作業はないみたいなので素直にイスに座って待つことにする。

ほどなくすると、ミトンをはめたメルシアが大きな鍋を持ってきてくれた。

「この時期はトマトが旬なのでミネストローネにしてみました」

「いいね！　美味しそう！」

テーブルには焼き上がったばかりのパン、お皿にはベーコン、オムレツ、サラダ、そこにミネストローネが加わった。

朝からとても豊富な料理のラインナップだ。

「いただきます」

「どうぞ」

料理が出揃ったところで俺は、フォークを手にして朝食をいただくことにした。

サラダを口にすると、レタス、パプリカがシャキシャキとした音を立てる。どれも瑞々しく歯を突き立てた傍から旨みと水分が弾けるようだった。

オリーブオイルをベースにしたソースがほのかな酸味を効かせており、より野菜の甘みを際立たせているようだった。

オムレツの表面はとてもふわふわで、中はとろっとしている。バターがよく効いており、ケチャップとの相性が最高だ。

ベーコンは表面がカリッとしており、俺の好みの焼き具合だ。

焼き具合の好みを伝えたことはないけど、おそらくメルシアは把握した上で調整してくれているのだろうな。

「うん、どれも美味しいよ」

朝から美味しいものを食べると、いつも以上に元気が出る。

帝国では自分を疎かにしがちだったけど、プルメニア村でつきっきりで世話をしてもらえるようになって、そのことを気付けたのは大きいな。

「イサギ様に喜んでもらえて嬉しいです」

感想を伝えると、メルシアは嬉しそうに微笑んだ。

それから照れを誤魔化すようにパンを千切って口に運び始める。

基本的にクールなメルシアだが、仕草などを観察してみると意外と表情が豊かで可愛らしいものだ。

朝食を食べ終えると、俺は台所で一緒にお皿を洗う。

その間にメルシアは食後の紅茶を用意してくれており、お皿を洗い終わる頃にはちょうど食後のティータイムが楽しめるわけだ。

「どうぞ」

「ありがとう」

ゆったりとした四人掛けのソファーに移動し、俺とメルシアは食後の紅茶を楽しむ。

仕事が始まる前のゆっくりとした時間が俺は好きだ。

隣にはメルシアが座っており、俺の左手の傍には彼女の右手が置かれている。

そういえば、少し前にメルシアに告白をして、俺たちの関係は主人とメイドから恋人関係になったんだっけ。

お互いの気持ちを確かめ合い、勢い余っていきなりキスなんてしちゃったけれどあれから特別なことは何もない。

メルシアは相変わらず俺の身の回りの世話をしてくれ、工房や農園で一緒に仕事をしてくれている。いつも通りだ。

そもそも一般的な恋人の関係ってどんなものなのだろう？

生まれてから錬金術一筋でロクな恋愛を経験してこなかった俺には、そういったことがわからない。

恋人になったことだし、家で手を繋いだりしてもいいのだろうか？

でも、恋人になったからといって今更態度を変えるのも変だしな。

急に馴れ馴れしく恋人面をしても、メルシアとしても戸惑ってしまうだろう。

関係が変わったからといって変なことはしない方がよさそうだな。

いつも通りに振る舞おう。

「さて、そろそろ農園に向かおうか」

「……あ、はい。そうですね」

紅茶を飲み干して立ち上がると、メルシアが少し遅れて立ち上がった。

何だかさっきよりも距離が近くなっているし、薄っすらと残念そうな顔をしていたような気がするが気のせいだろうか。

とはいえ、率直に尋ねるのも違う気がしたので、俺は違和感を抱きつつも外に出ることにした。

扉を開けて外に出ると、強い日差しが俺たちに襲いかかった。

「暑いね」

「ええ、すっかり夏です」

太陽の光だけじゃなく気温も高い。むわりとした熱気が全身を包み込んでいるようだ。

「思ったんだけど、こっちは帝国よりも暑くない？」

帝国でも夏を経験してきたが、ここまでの暑さではなかったはずだ。

「周囲を山々に囲われているため、冷たい空気が入ってきづらいようです」

「そうなんだ」

周囲を山に覆われている弊害といえるだろう。

帝国が攻めてきたのが今の季節じゃなくてよかったと心から思う。

農園に足を踏み入れると、いつも通りに畑のあちこちでは作業用のゴーレムが稼働しており、ラグムント、リカルド、ロドスといった従業員が作業に従事していた。

「戦争期間中、俺たちは何もできなかったけど、農園の方はほとんど変わらないね」

「ネーア、ノーラ、ロドスが中心となって世話をしてくれましたから」

「大変な時期に頑張ってくれたし、給金を上げたいと思うんだけどどうかな？」

戦争に参加してくれたラグムントやリカルドにはもちろん、俺たちがいない間に農園を支えてくれたネーアたちにも助けられた。従業員の頑張りがなかったらスムーズに営業を再開することはできなかっただろう。

「大農園の業績は常に右肩上がりですし、給金アップについては何も問題ないかと」

「よかった。頑張って働いてくれている人にはきちんと報いてあげたいからね」

帝国みたいに薄給でこき使ったり、やりがいなんて曖昧なもので搾取をしては従業員の心が離れていっちゃうからね。

頑張った分はきちんとお返しをする。イサギ大農園は従業員を大切にするをモットーとするんだ。

一度どこかのタイミングで従業員と軽い面談をしてもいいかもしれない。給金アップの件も含めて、現状の働き方に不満などないか聞いておきたいしね。

「おはようございます、イサギさん、メルシアさん」

なんてメルシアと話し合っていると、極彩色の翼を生やした獣人の女性がやってきた。

「ティーゼさん。おはようございます」

彼女は彩鳥（さいちょう）族の族長であるティーゼ。

普段はラオス砂漠に住んでいるのだが、プルメニア村が帝国の侵攻を受けていると聞いて遥々（はるばる）駆けつけてくれた恩人だ。

戦争が落ち着いてからも村のことを案じて残ってくれ、こうして農業を手伝ってくれている。

「キーガスは？」

ティーゼとキーガスは農園で農業を学んでいるためにセットで行動をしている。

気になって尋ねると、ティーゼは鮮やかな羽根の生えた腕を動かした。

「あちらです」

指し示されたトマト畑には、従業員のネーアと赤牛族の族長であるキーガスが真剣な表情をして作物と向かい合っていた。

「おいおい、せっかく成長してる芽なのに切っちまっていいのか⁉」

「これは果実を美味しく成長させるために敢えて切ってるんだよ。植物が蓄えられる栄養には限界があるから無駄なところに回さないように調整するんだ」

「マジかよ。農業ってそんなこともするのか……」

どうやらトマトの脇芽取りや摘果についてネーアから教えてもらっているらしい。

「あっ、イサギさんとメルシアだ」

俺たちが見ていることに気付いたのか、作業をしていたキーガスがこちらにやってくる。

「おはようございます、イサギさん」

ぺこりと頭を下げて、丁寧に挨拶をしてくるキーガスには違和感しかない。

「キーガスに敬語を使われると気持ち悪いや」

「なっ！　働かせてもらってる立場だから気を遣ってやったのによ！」

「あはは、別に変にかしこまる必要はないからいつも通りでいいよ」

「くそっ、ネーアの野郎、適当なこと言いやがって」

急にキーガスが敬語を使いだしたのは、ネーアが吹き込んだせいらしい。

キーガスに睨まれたネーアはくすっと笑みを漏らし、何食わぬ顔で脇芽取りを再開していた。

従業員同士の仲がいいのはいいことだ。

「二人ともこちらでの生活はいかがですか？」

俺がほんわかとしている間にメルシアが尋ねてくれる。

「最高だな。砂漠のような極端な寒暖差もねえし、突然砂嵐がくることもねえしな」

「自然がとても綺麗で空を飛んでいるだけで楽しいです」

まあ、過酷なラオス砂漠と比べると、大抵の場所は過ごしやすい環境だと思う。

あそこの環境で生きられるように適合できた彩鳥族と赤牛族がすごいんだよ。

「仕事の方はどうでしょう？」

「ハッキリ言ってわからないことだらけだな。何せ俺たちにとっては見たこともねえ、野菜や果物ばかりだからよ」

「現状ではこちらで育てている作物のほとんどは集落で育てられるものではないかもしれませんが、色々な作物の栽培技術を学ぶことは決して無駄ではないと思います」

「だな。俺たちの農園にも利用できる部分もあるしな」

まともに作物を育てられる環境じゃなかったが故に農業の経験や知識が乏しい二人であるが、自分たちなりの目標を持って取り組んでくれているようだ。よかった。

「落ち着いてきたら砂漠農園で栽培できるように作物を増やそうと思うので、希望の作物があれば言ってくださいね」

「本当か⁉」

「本当ですか⁉」

なんて言ってみると、キーガスとティーゼが目の色を変える勢いで詰め寄ってきた。

砂漠農園でもいくつかの作物が栽培できるようになったとはいえ、一般的な場所に比べるとまだまだ食べられるものは少ないからね。

「とはいえ、落ち着いたらなので気長に待っていてください」

帝国との一件が落ち着いていない上に戦後処理なども残っている状況では優先順位が低めになってしまうが、暇を見て改良を進めていけたらと思う。

「何を育てるべきだ？　やっぱり、栄養的に考えると必要なのは野菜か？」

「果物なんてどうでしょう？　こちらの農園での果物の美味しさは群を抜いています！」

「それはわかるが、果物はイサギが改良したやつでも育てるのに時間がかかるだろ？　それよりもすぐにたくさん作れる野菜の方がありがてえよ」

「今は平時の食材よりも、過酷な環境を生き抜く楽しみになるような食材がいいと思うんです」

キーガスとティーゼが白熱した議論を繰り広げている。

栽培できるかもしれない作物が一つだけとなっては慎重になるのは仕方がないだろう。

「イサギ様、そろそろ時間なので食材の詰め込みをしましょう」

「そうだね」

今日から始まる仕事があるために俺は今朝収穫したばかりのコンテナに近寄って、食材をマジックバッグに収納していく。

「うん。これくらいでいいかな」

「ここはネーアに任せて行きましょう」

「えー！　あの二人を置いていくの⁉」

次の予定があるので仕方がない。後ろで悲壮な声をあげるネーアを無視して、俺とメルシアは農園の外に出た。

農園の外に向かうと、既に柵の外には獣王軍の紋章が入った馬車が並んでおり、周囲には小さな猫たちがいた。

「はじめまして、イサギさん！　獣王軍食料調達係の隊長をしているニャンパスだニャ！」

真っ黒な体毛をした猫が二足歩行で立っていて喋（しゃべ）っている。

「ええ？　この人たちも獣人なの？」

「猫人族の中でも稀少（きしょう）なケットシーと呼ばれる方たちです」

思わず尋ねると、メルシアはこくりと頷(うなず)いた。

プルメニア村や獣王都でも獣の割合が高い獣人種を見かけることがあったが、ここまで完全に猫っぽい種族は見たことがなかった。

なんか可愛い。衝動的に撫(な)でたくなるけど、さすがに初対面の兵士さんを相手にそれは失礼なので我慢だ。

「すみません。ケットシーの方と初めてお会いしたもので驚いてしまいました」

「ニャハハ！　人間族の方からは驚かれることが多いから気にしなくていいニャ」

「錬金術師兼イサギ大農園の代表をしております、イサギと申します。今日はライオネル様に頼まれていた食材の件ですね？」

「ニャ！　帝国の侵略に備え、心苦しいけどイサギさんには何卒協力をお願いできればと思うニャ」

帝国からの侵略に備えて、獣王軍の多くが砦(とりで)に駐留してくれている。

その兵士たちの食料補給をうちの大農園が賄う約束になっており、今日は初めての受け取り日となっている。

こういった作業は農園の従業員であるラグムントかネーアか、販売所の従業員であるノーラ辺りの仕事になると思うが、初回だし代表である俺が顔を出しておこうと思った。

「わかりました。では、ご用意しますね」

ニャンパスたちから少し離れたところに俺は大農園の食材を取り出す。

「ニャニャー！　すごい量だニャ！」

「見てください隊長！　食材一つ一つの質がとても高いです！」

「夏なのに冬や春の野菜までありますよ！」

ニャンパス以外のケットシーたちがやってきて、食材の一つ一つを確認して驚きの声をあげた。イサギ大農園では季節に左右されず、年中季節の野菜が食べられるからね。

というか、ケットシー全員が語尾にニャがついているわけじゃないんだ。

「これで食材は足りますか？」

「もう少しリンゴやバナナなんかの果物を貰えると嬉しいニャ！　果物の類は偏食持ちの種族でも大抵食べることができるから助かるニャ」

ニャンパスからのリクエストを聞いて、俺はマジックバッグから追加でリンゴ、バナナ、ブドウ、モモといった果物が入ったコンテナを取り出してあげた。

すると、ニャンパスをはじめとするケットシーたちが嬉しそうな声をあげて、コンテナを馬車へと積み込もうとする。

「手伝いましょうか？」

「いえ、お気になさらずニャ」

小さな身体で運び込むのは難しいと思ったが、ケットシーたちは軽々とコンテナを持ち上げて積み込んでいく。

二足歩行の猫が自身の背丈よりも大きな荷物を運んでいく光景はすごいな。

「補給の頻度はどうなさいますか？」

「これぐらいの量があれば、一週間は問題ないと思うニャ！　でも、ここの農園の食材は美味しすぎるから消費が早くなるかもしれないニャ」

一般的な人間族なら一か月は暮らせる量だと思うけど、改めて獣人たちの食欲はすごいな。

「このぐらいの量であれば、毎日の補給でも問題ないので足りなくなりそうだったら気軽に補給にやってきてください」

「毎日でも大丈夫なのかニャ⁉」

ニャンパスがつぶらな瞳を丸くした。

そんなに驚かれると不安になってしまってメルシアに視線で問いかける。

すると、彼女はこくりと頷いた。

「はい。問題ありません」

「さすがはイサギ大農園！　獣王国を飢饉から救っただけはあるニャ！」

「困った時はお互い様ですから」

やがてすべての食材を馬車に積み終えると、ニャンパスをはじめとするケットシーたちが砦へと戻っていく。

「彼らだけで大丈夫かな？」

砦までの道のりには魔物も出現するので襲われたりしないか心配だ。

「ニャンパスさんは、レギナ様の剣術指南を務めたことのある戦士なので問題ないかと」

「ええ⁉　ニャンパスさんがレギナに剣を⁉」

とてもそんな風には見えないが、メルシアがこんなことで嘘をつくことはないので本当なのだろう。

「戦争において食料調達係は部隊の生命線。一番に狙われることになるので、ただの一兵卒には務まりません」

「ということは、他のケットシーの皆さんも歴戦の戦士なんだね」

獣人は見た目で判断してはいけないね。

また一つ、俺は獣人についての教訓を得た思いだった。

2話　宮廷錬金術師はとりなす

ニャンパスたちに食材の引き渡しを終えると、それと入れ違うようにワンダフル商会の馬車がやってきた。

馬車は俺たちの目の前で停車すると御者の獣人が扉を開け、中からコニアが出てきた。

今日もトレードマークである真っ赤な帽子をかぶっており、背中には大きなリュックを背負っている。

「イサギさん、メルシアさん！　お久しぶりなのです！」

「コニアさん！　お久しぶりです！」

「こうやって無事に再会できて嬉しいのです！」

「こちらこそお会いすることができて嬉しいです」

「砦での戦いは大変なものだったと聞いています。肝心な時にお力になれず、申し訳ないです」

「何を言っているんですか。コニアさんが情報を手に入れ、物資を譲ってくれたから、俺たちはこうして帝国を撃退できたんですよ」

「イサギ様のおっしゃる通りです。ワンダフル商会の皆様には感謝の気持ちしかありません」

コニアが先に情報を仕入れてくれなかったら俺とメルシアはプルメニア村に引き返すことも

できず、事前に村人に避難を促すことも砦を作ることもできなかった。彼女の活躍によって俺たちの村が救われたのは間違いない。

「イサギさん、メルシアさん……ッ！」

コニアは感極まったかのように目を潤ませ、ごしごしと袖で拭った。

「今日は商いに来てくれたのですか？」

「はい！　先日の戦いで色々と足りないものがあると思いまして、たくさん仕入れてきたのです！」

「それは助かります。今の村では医薬品、木材、鉄材、衣類、魔石などが不足しておりますから」

後方にはワンダフル商会の紋章が入った馬車がずらりと並んでいる。

これだけの物資が補給されれば、村人たちの生活も潤うだろう。

「これから中央広場で商いをするのですが、その前にダリオさんとシーレさんのところに顔を出そうと思っていまして」

「ああ、あの二人なら農園カフェにいると思いますよ」

「イサギさんも付いてきてほしいのです」

「ええ？　俺ですか？」

ペタンと耳をしおれさせながら見上げてくるコニア。

まるで雨に打たれてしまった子犬のような表情に不思議と庇護欲のようなものがそそられた。

でも、次の瞬間、メルシアの方から冷たい空気を感じて背筋が伸びた。

「ど、どうしてです？」

「二人には立場上、曖昧なことしか言えなかったので顔を合わせるのが気まずいのです」

「ああ、そういうことですね」

ダリオとシーレは獣王都にあるワンダーレストラン所属の料理人で、プルメニア村にはワンダフル商会からの要請で派遣されている。先日発生した戦争に対してのスタンスは非常に悩ましいもので、二人もどうすればいいか悩んでいた。

そんな二人にコニアが伝言として伝えたのは、二人の意思を尊重するとのこと。

つまりは丸投げだ。

コニアが二人の前に顔を出せば、小言の一つや二つくらいは言われるだろうな。

「そんなわけでちょっとコニアと農園カフェに顔を出してくるよ」

「わかりました。私は中央広場で必要なものを買い付けておきます」

コニアから特に変な意図はないとわかったのか、メルシアはいつも通りのクールな表情で頷いた。

「お乗りください」

「ありがとうございます」

メルシアが乗り込むと、ワンダフル商会の馬車は中央広場の方へと進んでいった。

「では、農園カフェに行きましょうか」

「はいなのです！」

コニアと共に販売所へと向かう。

中に入ると、涼やかな空気が俺たちを出迎えてくれた。

「はうう、ここはとても涼しいのです」

「従業員が働きやすく、食材が傷まないように冷風機を設置していますからね」

販売所の中にはいくつもの冷風機が設置されており、空気を攪拌するための送風機も設置されている。

今、プルメニア村の中でもっとも快適な場所はおそらくここだろうな。現に買い物を終えても、ずっとお喋りに興じて滞在している村人もいる。

まあ、節度をもって利用をしてくれるのであれば、それくらいは問題ないと思う。

戦争の影響をあまり受けなかった販売所は既に営業を再開している。

戦後処理などにより働きに出ることのできない従業員もいるが、ノーラとメルシアが従業員の調整をしたり、販売する食材を絞ったりと対処してくれているようだ。

問題なく営業できているのを横目に俺とコニアは販売所の一画にある農園カフェへと足を踏み入れた。

農園カフェは料理人であるダリオとシーレが戦争の手伝いをしてくれていたために今は準備中だ。そんな中、農園カフェには黙々と営業再開のための準備を進める二人がいた。

「……出た。丸投げのコニア」

「あうっ！」

俺たちが近づいていくと、シーレが気付いて辛辣な言葉を浴びせた。

歩いていたコニアがガックリと崩れ落ちる。

「シーレさん！　コニアさんが可哀想ですよ！」

「……曖昧な指示で困ったのは私たち。小言くらいは言いたくなる」

「あの時はワンダーレストランの方に問い合わせる時間もなく、曖昧な指示になって本当に申し訳ないです」

二人の直属の上司はワンダーレストランの料理長であると思うが、あのタイミングで問い合わせるほどの時間がなかった。結果としてコニアからの指示が曖昧になるのも仕方がないと思う。

「……まあ、別に上からどう言われようとも決断を変えることはなかったからいいんだけどね」

「シーレさん……っ！」

「なら怒る必要はなかったじゃ――げふっ！」

余計なことを言ってしまったダリオがシーレから肘鉄を貰った。

うん、今のはダリオが悪いね。

「今日は様子を見に来たのとは別に二人の今後について尋ねに来たのです。料理長からはしんどければ戻ってきてもいいと伝言を受けていますが、どうされますか?」

「……戻らない。戻るつもりだったら戦争なんかに参加していないし」

「プルメニア村には愛着もありますし、まだまだやりたいことがたくさんありますから!」

「そうですか。であれば、料理長の方にお伝えしておくのです」

戦争の時に二人の決意は聞いていたが、改めてそう言ってもらえると嬉しいものだ。

「農園カフェの再開はいつ頃を目指していますか?」

コニアとの会話が落ち着いたところで、俺も用件の一つを切り出す。

「夏のメニューを開発しつつ、村の状況を見ながらですかね?」

「……まだ具体的な日にちはわからない」

「わかりました。急がなくてもいいのでお二人のペースでお願いします」

「ありがとうございます」

季節が変わってしまい旬の食材も変わっている。

それらを開発するのにはある程度の時間がかかるだろう。

「あ、それとバタバタしていて渡せなかったんですが、ラオス砂漠でのお土産を渡しますね」

「……これは?」

「カッフェとカカレートです」

マジックバッグからカッフェ豆とカカレートを取り出して用途などを説明する。

カッフェについては具体的に飲んでいないと判断ができないので、農園カフェの厨房を借りて作る。

「イサギさん、私もいただいていいのですか？」

「もちろんです」

「わーい！　ありがとなのです！」

コニア、ダリオ、シーレが一斉にカップを傾ける。

「独特な香りと苦みがありますね」

「ただ苦いだけじゃなく味に深みもある」

料理人である二人は何度も香りをかぎ、少しずつ口に含んで味を感じているようだ。

「コニアさんはいかがです？」

「……苦いのです」

一方で静かになっていたコニアはカッフェの苦さに顔をしかめていた。

表情の歪みからして苦いものがかなり苦手なようだ。

「では、少しミルクとシロップを混ぜますね。これならどうです？」

「これなら甘さもあってちょうどいいのです！」

ちょっと甘めにしてみたが、コニアにはこれくらいでちょうどよかったらしい。

ホッとした表情でこくこくと飲んでいる。

「カカレートも甘くて美味しいので食べてみてください」

カッフェだけじゃなく、カカレートを冷やして固めたものも三人に差し出してみる。

「わっ！　甘さの中にほろ苦さがあって美味しいのです！」

「……想像以上の美味しさだわ」

「これは唯一無二の味ですね！」

カカレートを口にしたコニアは顔をとろけさせ、シーレは驚きに目を見張り、ダリオは興奮したように鼻息を荒くしていた。

「このまま食べても美味しいですけどデザート作りに応用すれば、もっと性能を引き出せますよ！　果物にかけるだけで甘さが際立ちますし、ケーキやクッキーなんかに混ぜてもいいですよ」

「ダリオはデザートも作れるの？」

「はい！　専門職の方には劣りますが、甘いものが大好きでよく食べ歩きなんかをして家で作っていました！」

獣王都の中で女性に混ざって、甘味屋を食べ歩きしているダリオが容易に想像できた。

ダリオならそんな休日を過ごしていそうだ。

「へー、それは期待できそうだね。カカレートを使ったデザートメニューとかあれば、人気が出そうだし」

「きっと大人気間違いなしだと思います！」

「……デザートだけじゃなくソースなんかに使えば、より味に深みが出ると思う」

シーレはデザート方面ではなく、料理方面での活用を考えているようだ。

「……イサギさんがとんでもない食材を持ち込んでくれたせいで営業再開が遅れちゃいそう」

「ええ？　俺のせい？」

「こんな魅力的な食材を渡されちゃったら料理人として意地でも活用したくなっちゃいますよ」

ちょっとしたお土産気分で渡しただけだが、二人の料理人魂に火をつけてしまったようだ。

「イサギさん！　このカカレートとカッフェ豆をうちの商会に卸すことはできないですか？

この組み合わせはとても売れると思うんです」

「あー、生憎とここでは大量生産はできない――いや、しないことにしているんですよ」

「それはどうしてなのです？」

「この食材はラオス砂漠で作って彩鳥族と赤牛族の農園の特産品にしようと思っているんです。なので、こちらで栽培できたとしても大量生産をするつもりはありません」

彩鳥族と赤牛族の生活がより豊かになるようにと作った特産品だ。それをこっちの大農園で大量生産してしまっては、あちらで特産品として栽培している意味がない。

だから、こっちで栽培したとしても他の作物のように納品するつもりはなかった。

「そうなのですね。とても残念です」

「ですが、うちの農園にはちょうど彩鳥族と赤牛族の族長がいらっしゃるので交渉することは可能ですよ」

「本当なのですか⁉　よろしければ、是非とも会わせてほしいのです！」

3話　宮廷錬金術師は恋人と同居する

農園に戻ってコニアをティーゼとキーガスに紹介すると、俺は帰路に就いた。

どのような条件で取引をするかについては三者が決めることだ。あの場に俺がいたとしてもできることは何もない。

そんなわけで紹介が済んだ俺は一人で帰宅というわけだ。

「お帰りなさいませ、イサギ様」

家に戻ってくると、メルシアがやってきて宮廷錬金術師のコートを脱がそうとしてくれる。

暑い季節になると、少し外を歩いただけで汗をかく。当然俺のコートにも汗は染みているわけで。

「ごめん。汗かいちゃってるから自分でハンガーにかけるよ」

「私は気にしませんよ、イサギさんもそのような心配は無用です」

「あ、はい」

メルシアに悪いと思っていたが、真顔でそんな必要はないと言われてしまった。

あそこまできっぱりと言われてしまうと遠慮する方がおかしく思えるので不思議だ。

家の中では既に冷風機と送風機が稼働している。

涼しい空気がリビングに滞留しており心地いい。

ソファーで一休みをしていると、メルシアが冷たいクコのお茶を差し出してくれた。

ガラスのカップには緑色のお茶が入っており、丸い氷が浮かんでいて綺麗だった。

礼を言ってカップを傾ける。

冷たいお茶が喉の奥を通り過ぎるのが気持ちいい。カッフェとは違ったほろ苦さと香り高さが実によかった。

「……あの、イサギ様。少しいいですか？」

「どうしたの？」

やや改まった様子のメルシアに俺は少し驚く。

何か大事な話でもあるんだろうか？

「ただのメイドではなく、こ、ここ、恋人関係になったので、私もイサギ様の家に住まわせてもらおうかと思いまして」

「えっ！　メルシアもうちに住むの⁉」

頬をほのかに赤くしながらのメルシアの言葉に俺は驚く。

「ダメでしょうか？」

「いや、ダメじゃないよ。でも、ケルシーさんの許可が……」

「父の許可ならいただきました」

「だよね。ケルシーさんが許可を出すわけ――えっ？　許可が出たの？」

「はい」

「本当の本当に？」

「はい」

あれだけメルシアを溺愛していたケルシーが、俺との同居を許可するなんて想像ができないんだけど。また初日の時みたいに家に突撃してきたりしないだろうか？

「これから必要なものを取りに戻ろうと思うので、イサギ様も付いてこられますか？」

「そ、そうだね。ちょっとケルシーさんの様子が気になるし」

本当に同居をするのであれば、メルシアのご両親とお話をしておきたいところだしね。

俺はメルシアの言葉を半信半疑に思いながら実家に向かうことに。

「いらっしゃーい」

「お邪魔します」

メルシアの実家にやってくると、にっこりとした笑みを浮かべたシエナが出迎えてくれた。

リビングではケルシーがクック豆の仕分け作業を黙々と行っていた。

黄色いひよこのような豆を殻から丁寧に外している。

「母さん、イサギ様の家に荷物を運ぶので手伝ってくれますか？」

「いいわよ」

俺がリビングに入ると、メルシアがシエナを連れて奥の部屋へと入ってしまった。

シエナはメルシアの言葉に疑問を抱くこともなく、当然のことのように受け入れている様子だった。

まあ、シエナは俺が最初にやってきた時から同居に賛成していたので、こちらの反応は予想通りだと言えるだろう。

問題はもう一人の父親の方だ。

黙々とクック豆の仕分けを行っているケルシーに俺は意を決して声をかける。

「あ、あの、メルシアが俺と一緒に住むことって……」

「……知っている」

「あの、本当にいいんですか？」

念を押すように問いかけるとケルシーがピクリと肩を震わせ、クック豆を握りつぶした。

「本音を言うと嫌に決まってる！」

「ですよねー」

親バカであるケルシーの本心を聞けて正直ホッとした。

「だが身体を張ってメルシアを救ってみせ、この村を救ってくれたイサギ君であれば、メルシアとの関係を……み、みと、みとめ……ざるを……」

「わあ！　そんなに辛いのであれば口にしなくて結構ですよ！」

身体が無意識に受け入れることを拒否しているのか、ケルシーの顔色が青白くなり、今にも吐血せんばかりの表情になっていた。

どれだけメルシアのことを溺愛しているんだ。

「イサギ君のことは一人の錬金術師として純粋に尊敬しているし、娘を託すのに相応しい男だと思っている。決して二人の仲を歓迎していないわけじゃないんだ。ただ今は心の折り合いがついていなくてだな……」

しょんぼりとした様子で心境を語ってくれるケルシー。

よかった。一人の男として認められていないわけじゃなかったんだ。

そのことがわかって安心した。

「それなら、心の折り合いがつくまでメルシアは今まで通り実家から通う方向で……」

「ダメですよ。父さんを甘やかしては」

「そうよ。時間をかければかけるだけ孫の顔を見るのが遠くなるんですから」

ケルシーと話し合っていると、ちょうど荷物を手にしたメルシアとシエナがリビングに戻ってきた。

「さすがに孫だなんて気が早すぎませんか？」

「これからは私のことはお義母さんって呼んでいいのよ？」

ああ、ダメだ。この人、俺の話を聞いていない。

シエナに困惑しているとメルシアが不満そうな表情を浮かべる。

「……イサギ様は私と一緒に暮らしたくないのですか？」

「いや、そんなことはないよ！」

メルシアと一緒に暮らせることになって嬉しくないわけがない。

だけど、俺もケルシーと一緒で心の折り合いがついていないだけだった。

うじうじしてメルシアを不安にさせるのも可哀想だ。ここは男らしく腹をくるとしよう。

「運び込む荷物はそれですべてかい？」

「え、ええ。必要なものは既にイサギ様の家に移していますから」

「じゃあ、行こうか！　俺たちの家に」

「はい！」

メルシアの手を引きながら言うと、彼女は一瞬驚いたものの嬉しそうな笑みを浮かべた。

メルシアの実家を出て、外を歩くと仕事をしている村人たちからたくさんの生暖かい視線が突き刺さった。

こんな村の中心地点で手を繋いで歩いていれば、そういう視線を向けられるのも当然だろう。

それでも恥じるような態度はしない。俺はメルシアの恋人なのだから堂々とするんだ。

毅然(きぜん)とした態度で中央広場を通り抜けると、俺たちは家にたどり着いた。

「ごめんね。急に手を繋いだりして」

「いえ、とても嬉しかったです」

何だか勢いで手を繋いで外に出てしまったが、メルシアに嫌がったような様子はなかった。

そのまま家に上がるとメルシアが荷物を解いていく。

「もう他に持ち込んだものはないかい？」

「はい。これで最後です」

「あっさりと終わったね」

「元々私が住み込みで働く予定で準備しておりましたし、必要なものは適宜運び込んでいましたから」

初日から住み込む気満々だったお陰でメルシア用の寝室は用意されている上に、毎日のように家にやってきて身の回りの世話をしてくれていたのでメルシアが必要とするものは基本的に揃っている。本格的に同居するにあたって運び込んだものは、彼女のお気に入りの食器と衣類くらいのものだろう。

「そろそろ夕食の準備を致しますね」

「俺も手伝うよ」

メルシアに料理を任せてリビングで寛いでいることも多いが、今日は同居初日なので一緒に作りたいと思った。

「今日は何を作る？」

「父からクック豆をいただいたのでトマト煮にしようかと」

ああそういえば、取り乱しながらもクック豆を剥いたりしていたね。

「具材はタマネギとニンジン、エリンギでいいかな？」

「はい、お任せいたします」

マジックバッグからタマネギ、ニンジンを取り出すと、一センチ程度の角切りにし、エリンギも手で裂いてから角切りにする。

その間にメルシアはクック豆を茹でながら、ニンニクと唐辛子をみじん切りにし、鶏むね肉を食べやすい大きさに切ってくれる。

俺はフライパンを用意してオリーブオイルを注いでいると、メルシアが鶏むね肉の入ったボウルに牛乳を注ぎ出した。

「ここで牛乳？」

「こうすることでお肉の臭みが取れて、柔らかくなるんです」

「へー、そんな効果があるんだ」

鶏むね肉を軽く揉むと塩をかけ、薄力粉をまぶす。

それから温めたフライパンの中に鶏むね肉を投入した。

「あとで煮込んでいくからレアくらいでいいよね？」

「はい。それで十分です」

軽く炒めて表面に軽く焼き色がついたら鶏むね肉をバットに上げておく。

フライパンにオリーブオイルを入れると、みじん切りにしたニンニク、唐辛子を軽く炒める。オイルに香りが移ったところでエリンギ、タマネギ、ニンジンといった具材をしっかりと炒めながら塩、胡椒(こしょう)で味付け。さらに茹でたクック豆も投入。

具材を炒めていると、メルシアが冷蔵庫の中から大きな瓶を持ってきてフライパンの中に橙(だいだい)色の液体を投入した。

「それは？」

「トマトをベースにした野菜ジュースです。水の代わりにこれを入れるとよく味が馴染むんですよ」

どうやら俺の作ったミキサーで作ったメルシアのオリジナルジュースらしい。

こうやって調理を一緒にやると、メルシアがいかに工夫して美味しい料理を作ってくれるかわかる。本当にすごい。

野菜ジュースを入れると、トマトピューレ、鶏むね肉を加えて煮込んでいく。

「いい匂い」

「煮込み終わるまでもう少しお待ちください」

メルシアが煮込んでいる間に俺はバゲットを焼き、付け合わせのサラダを用意する。

食器を並べてテーブルの準備が整う頃には、メインの方も完成したようだ。

「これで完成です」

「わあ、美味しそう！」

緑の青い深皿の中にクック豆のトマト煮。仕上げにかけられたパセリの緑が実に鮮やかでいい仕事をしている。

「早速、食べようか！」

「はい！」

スプーンを手にすると、メインであるクック豆のトマト煮を口へ運ぶ。

炒めたタマネギ、エリンギ、ニンジンの食感がとてもいい。クック豆に臭みは一切なく、素朴な甘みがじんわりと広がる。鶏むね肉もとても柔らかく、口の中でほろりと崩れた。

どの具材もトマトの甘みと酸味をしっかりと吸っている。

「美味しい！　こんなにも作ってすぐにトマトの甘みが染みるんだ」

「野菜ジュースのお陰です」

作ってすぐ食べているのに、まるで一日寝かせたかのような深い味わいだった。

なるほど。野菜ジュースで煮込むと、これほど味が染み込んでくれるのか。

付け合わせの夏野菜サラダで口直しをしつつ、焼きたてのバゲットにクック豆のトマト煮を載せて食べる。

サクッとした食感と小麦の風味が鼻腔（びこう）を突き抜ける。甘みと酸味の効いたクック豆との相性も抜群だ。一緒に口にすれば、いくらでもバゲットが胃の中に入っていく。

メルシアも出来栄えに満足しているのか、嬉しそうに尻尾を揺らしながらバゲットを口に運んでいた。

夢中になってコンビネーションを味わっていると、あっという間にクック豆とバゲットを平らげてしまった。

あまりの美味しさに二杯もお代わりをしてしまった。

夏の日差しで疲労しがちな季節だけど、とても食べやすかったな。

「そろそろメルシアは帰る時間――あっ、そうか。今日から帰る必要はないんだ」

「そうですよ。ここが私にとって家になりましたから」

つい、いつもの癖でメルシアを帰そうとしてしまった。

そうだ。今日からは一緒に住むから帰りの時間を気にしなくていいんだ。

「イサギ様、先にお風呂をどうぞ」

「あ、うん。先に入らせてもらうよ」

食器を片付けると、俺は一足先にお風呂に入ることにする。

着替えを用意し、脱衣所で衣服を脱ぐ。

メルシアも一緒に住むってことは、このあとに彼女も衣服を脱いで湯舟に浸かるってことだよな。

咄嗟にメルシアのそんな姿を想像してしまい頬が熱くなった。

俺は不埒な考えを吹き飛ばすように冷水を浴び、身体を洗って、湯舟に浸かった。

湯舟から上がるとお湯を入れ替えておき、通気性のいい寝間着へと着替えた。

「上がったよ。次はメルシアどうぞ」

「ありがとうございます」

台所の整理をしていたメルシアが作業を切り上げて、脱衣所の方に向かっていく。

「うん？　ということは、メルシアの寝間着なんかも見られるのか？」

さすがに湯上がりにメイド服ということはないだろう。

何だかんだと彼女の私服姿を見るのは初めてなので楽しみだ。

マジックバッグの整理をしながら今か今かと待っていると、メルシアがリビングへと戻ってきた。なぜかメイド服で……。

「寝間着もそれなの？」

「最初は寝間着を着るつもりだったのですが、イサギ様の前で私服をお見せするのが恥ずかしくて……」

思わず突っ込むと、メルシアが気恥ずかしそうな表情をしながら答えた。

「あはは、変なの」

「笑いごとじゃありません。私にとっては真剣な悩みだったのですから」

いたって真面目な顔で憤慨してみせるメルシアがなおのことおかしく思えた。

俺がクスリと笑うと、メルシアはご立腹そうにしながらも隣に座ってくる。

何だ。いつも通りじゃないか。恋人になって一緒に暮らすことになったとはいえ、何も変わることはない。変に考え込む必要はなかったな。

何だか安心したら眠くなってきた。

「さて、そろそろ寝るよ」

「え？　あ、はい」

スッと立ち上がって言うと、メルシアがきょとんとした顔になりながら頷いた。

あれ？　隣に座っていたのはわかっていたけど、そんなに近い距離にいたっけ？

考えようとしたけど押し寄せる眠気によってどうでもよくなった。

メルシアに「お休み」と告げると、俺はそのまま寝室へと歩いていく。

「……イサギ様の鈍感」

リビングを出る間際に、何か小さな呟き(つぶや)が響いた気がしたがよく聞き取れなかった。

4話　宮廷錬金術師は再び改築をする

「今日は家を改築しようと思う」

メルシアと同居することになった翌朝。

朝食を食べ終わると、俺は対面に座っているメルシアに告げた。

「……改築ですか？」

「うん。メルシアも住むことになったし、今のままだとちょっと手狭かなって」

「そうでしょうか？」

こくりと首を傾げるメルシア。

あれ？　思っていたよりも反応が悪い。

「メルシアの部屋は仮眠用だし、今のままだと狭いでしょ？」

「私は気になりません。帝国時代の宿舎は八人部屋とかでしたし……」

「ここは帝国じゃないから」

というか、八人部屋だなんて相変わらず帝国は獣人への差別が酷いな。

帝国で過ごした時間が長いせいか、メルシアの感性もいささか麻痺しているのかもしれない。

俺も大概だけど。

「ケルシーさんやシエナさんがやってきた時にメルシアの寝室だけ狭かったら心配するかもしれないよ？」

「確かにそれは一理ありますね」

というか、メルシアがそんな不当な扱いを受けていたらケルシーは間違いなく怒鳴り込んでくるだろう。

「他にも廊下が少し狭いし、脱衣所に扉がついていないから思わず事故が起きるかもしれない」

「わ、私はイサギ様であれば、見られても平気です！」

「いや、そういうことじゃなくて安心して着替えられる環境はあった方がいいと思うんだ」

そんな顔を赤くして一大決心したような表情をされても困る。

恋人だからといって何もかもを見せるのは違うと思うんだ。

「まあ、そんなわけでこれを機会に家に手を加えてみようかなって。ライオネル様から貰った大樹も使ってみたいし」

普通に改築をしようと思ったら大変な作業だけど、錬金術を使えば手軽だしね。

「わかりました。では、今日は改築をいたしましょう」

メルシアの了承が得られたところで俺たちは家の中を確認し、改築するべき場所を相談する。

幸いにも家の周囲には何もないし、家が二回り、三回りほど大きくなっても問題はない。

改築するべき場所を決めると、錬金術を扱うにあたって邪魔になる家具などをマジックバッグへと収納しておく。その間にメルシアには家を広げることを考えて、周囲に除草剤を散布してもらう。

準備が整うと、家を建てた時に使用したものと同じ木材、鉄材、煉瓦(れんが)などを用意して錬金術を発動。

既存のスペースを解体し、新たに加えた素材で再構成を行う。

リビングと台所は全体的に大きくし、メルシアの寝室と廊下の幅を広くした。

他にも素材の保管庫や応接室も拡大することに成功。

「ふう、これで改築は完了かな？」

「あとイサギ様の寝室も広めにしておきましょう」

「俺の寝室は十分な広さがあると思うけど？」

俺の寝室は軽く作業ができるようになっているので一般的な寝室よりも広めになっている。

一人で過ごすには十分な広さをしているので、これ以上拡張する必要はないと思うけど。

「プルメニア村では家長の寝室は一番広くしておくという風習があるのです」

「そうなんだ？　なら一応広げておくよ」

家長としての威厳を示すためだろうか？　帝国でも偉い人の部屋はとても広かったし、それがこの村の風習であるならば従っておこう。

とはいえ、露骨にやるのは気が引けるので気持ちとして広く見えるくらいにした。

「……これなら二人用のベッドが置けますね」

「何だって？」

「いえ、何でもありません。これでこそ家長の寝室です」

拡張された俺の寝室にメルシアも満足げだった。

ややスペースが余って持て余している感じがあるが、そこは別の家具などを置いて埋めることにしよう。

「さて、全体的に広くなったことだし、家具も変えるとしようか」

拡張作業が終わったところで俺はマジックバッグから大樹を取り出した。

「これが王家だけが所有することのできる大樹。肌ざわりがとてもよく、落ち着く香りです」

メルシアが指先で表面を撫でながら言う。

「そんなにいい香りなの？」

「はい」

とてもリラックスした表情だ。

俺には上品な樹木の香り程度にしか思えないが、獣人にとってはリラックス効果があるのかもしれない。

「とりあえず、これを使って家具を作るよ」

大樹だけで家を作るには足りないし、仮にできたとしても大樹に住まう王族と同列扱いのようで不敬になりかねないのでできないだろう。家具を作るくらいがちょうどいい。

「まずはリビングのテーブルとイスかな」

王道ともいえる二つの家具を作ってみることにする。

既に乾燥されており使いやすい状態になっているので、そのまま魔力を流してみる。

錬金術を発動して変形させてみると、大樹がぐにゃぐにゃと形を変えた。

「うわっ！　魔力の通りがすごくいい！」

魔力を帯びているのはわかっていたが、ここまで通りがいいとは思わなかった。

ちょっと魔力を流しただけで自在に形が変わる。まるで、マナタイトみたいだ。

遠慮なく魔力を通して変形させ、テーブルを象ってみる。

「もうできた」

「通常はもう少し時間がかかるものなのですか？」

「普通は強く変形させると木材に負担がかかって折れてしまうこともあるからね。その木材の個性を把握して、魔力を馴染ませながら慎重に変形させる必要があるんだ。でも、大樹にはそんな心配はいらないみたい」

「ということは、イサギ様が思い浮かべる家具を自在に作り出せるわけですね！」

「そうだね。腕が鳴るよ」

自在に動かせるということは魔力コントロールや造形センスが問われることになる。

だけど、錬金術師として、これほどワクワクするものもない。

大きなテーブルを作り上げると、それに見合うイスを変形させながらデザイン。

「素晴らしいイスですね！」

「うん。だけど、もうちょっと大樹らしさを生かしたいな」

完成したイスはテーブルに恥じない大きさと高級感を備えたもの。十分にいい出来栄えであるといえるが、これでは満足はできない。

自在に動かせる木材なんだ。ただ普通のイスを作るだけでは勿体ない。

曲げ木しやすい性質を持っているので曲線を描くようなラインを入れてみよう。

作り上げたイスにもう一度変形を加えてみる。

「わっ、綺麗な曲線をしたオシャレなイスになりましたね」

「ありがとう」

改良したイスの背もたれは身体にフィットするように湾曲しており、簡素にならないように曲線のラインが入っている。さらに横部分には肘置きが作られており、ゆったりと座ることができるだろう。

同じものを追加で四つほど作り上げると、リビングに必要なイスが完成した。

「メルシアは欲しい家具とかある？」

「ちょうどいい高さの作業台と料理中などに一息つけるようなチェアが欲しいです」

尋ねてみると、メルシアからスラスラと要望が出てきた。

前々から欲しいと思っていたのだろう。

「わかった。すぐに作るよ」

俺は大樹を変形させると、曲げ木による作業台と曲げ木チェアを作り上げた。

「どう？」

「どちらもちょうどいい高さです。ありがとうございます」

何度か調整をすると、メルシアにとって使いやすい高さにすることができたようだ。

「まだもう少し作りたいな」

大樹の素材はまだまだ余っている。

自在に変形させることができる大樹で家具を作るのが楽しく、俺はもう少し家具を作りたい気分だった。

「ちょっとシエナさんとケルシーさんに欲しいものがないか聞いてくるよ！」

「うふふ、いってらっしゃいませ」

俺がまだまだ家具を作りたくて仕方がないとわかっているのだろう。メルシアは微笑ましそうな表情で見送ってくれた。

メルシアの実家の扉を叩（たた）くと、のんびりとした声と共にシエナが出てきた。

「こんにちは、シエナさん」

「…………」

いつもは笑顔を浮かべて出迎えてくれるというのに、なぜか反応がない。

え？　俺のことちゃんと見えているよね？

「あれ？　シエナさん？　シエナさん？」

シエナが不満そうな表情を浮かべた瞬間、俺は彼女が何を要求しているかを察した。

「……シエナ義母さん」

「はいはい！　イサギさん、今日はどうしたの？」

呼び方を変えると、シエナはいつもの柔和な笑みを浮かべた。

もしかして、これから義母さんという単語を付けないと反応してくれないのだろうか。

「いい木材が手に入ったので家具をプレゼントしたいなと！　何か欲しい家具などはありませんか？」

「そうね。それならゆったりと座れるイスが欲しいわ。それはもう心地よさのあまり眠れちゃうような」

「任せてください！」

俺はマジックバッグから大樹を取り出すと、錬金術を発動させる。

大樹をぐにゃぐにゃと変形させると、俺はロッキングチェアを作り上げた。

背もたれやお尻を置く部分には藤を網目状に変形させて、しっかりとクッション性を持たせつつ座れるようにしている。

「どうぞ」

「それじゃあ、失礼するわね」

シエナがゆっくりとロッキングチェアに腰かける。

「ゆらゆらと揺れて心地いいわね」

「座り心地や高さなどに問題ないですか？」

「ええ、問題ないわ。何だか香りも落ち着くし、これならゆったり眠れそう」

様子を見ていると、シエナは目をつぶって健やかな息を漏らし始めた。

どうやら夢の世界に旅立ってしまったようだ。

大樹には獣人を健やかな眠りへと誘う効果があるのかもしれないな。

5話　宮廷錬金術師は大樹で弓を作る

「今、帰ったぞー……おお？」

昼の前で人差し指を立てると、帰ってきたケルシーが静かな動作で入ってくる。

「ロッキングチェアの試乗中に眠ってしまったみたいです」

「そうか」

ケルシーは部屋を移動すると、薄手の毛布を持ってきて健やかな寝息を立てるシエナにかけてあげた。

夫婦仲がよろしいであろう光景を見ると、こちらの頬まで自然と緩んでしまうな。

「……イサギ君、もしかしてこれは大樹を使ったのかね？」

「そうです。ライオネル様から頂いたもので家具を作っていました。ケルシーさんも何か欲しい家具があれば作りますよ」

「家具じゃないとダメかね？」

「剣がいいですか？」

「いや、弓を作ってほしい」

「弓ですか？」

「ああ、過去に大樹を加工して作った弓を見たことがあるのだが、それは素晴らしい弓だった。私もそんな弓を扱ってみたい」

どこかに想いを馳せるような口調で語るケルシー。

家具ではなく、真っ先に狩りに使える道具を所望するところがケルシーらしい。

「今使っている弓とかありますか？」

「あるぞ！　こちらに来てくれ！」

ケルシーはすぐに立ち上がると、手招きをして私室へと招き入れてくれた。

壁には鹿の剥製が飾られており、床には熊の剥製らしきカーペットが敷かれている。

必要最低限の家具だけを設置しており、部屋を埋め尽くすほとんどが狩りに使う武器や道具類だった。

ケルシーは奥の壁にかけている木製の大型弓を手にする。

「トレントを素材にした弓ですね」

「ああ、絶妙な柔らかさと丈夫さを兼ね備えたトレント素材を探し出すのが難しくてな。仲間と共に何日もトレント大森林を駆け回ったものだ」

ケルシーがトレント素材を手に入れるまでの武勇伝を語り始めたが、そこは重要ではないので聞いているフリをしながら弓を確認。

形状、重さなどを把握すると、それらを参考に俺は大樹を変形させて弓を作成。

　すると、俺の手には大きな大樹の弓が収まっていた。

「こんな感じでいかがでしょう？　弦にはキングスパイダーの糸に魔力線維などを織り交ぜてみました」

「で、できれば矢の方も作ってほしい！」

「わかりました」

　鼻息を荒くして詰め寄ってくるケルシーの要望に応え、俺は大樹を変形させて矢を生成する。

「うん？　この羽根色はどこかで見たことがあるような？」

「ティーゼさんから貰った羽根を使用しました。彼女の羽根には風の魔力がこもっているので、通常の矢とは比べ物にならない威力が出ますよ」

「おお、それは素晴らしい！」

　ティーゼの羽根を使用したと聞いて遠慮気味だったケルシーだが、その効果を語るとそういった気持ちはすっかり吹き飛んだようだ。

「試しに射ってみてもいいだろうか？」

「ええ」

　実際に使ってみないとちゃんと飛ぶかわからないからね。

　眠っているシエナを起こさないように俺とケルシーはそーっと外に出る。

「試射は農園の空き地でやりましょう」

「そうだな」

さすがに弓の試射となると村の中では危ないからね。

俺とケルシーは農園の敷地にある空き地まで移動することにした。

「イサギさん、村長さん、こんにちは」

空き地へやってくると、頭上からティーゼがやってきた。

「こんにちは。ティーゼさんは休憩ですか？」

「はい。今日みたいな天気がいい日はこうやって空を飛んでいるんです」

にこにことした笑みを浮かべながら降り立つティーゼ。

「とはいえ、今の季節だと暑くないかね？」

「そうですか？　涼しくて過ごしやすい気温かと思いますが？」

「ティーゼさんはラオス砂漠に住んでいますから」

「そうだったな」

灼熱の砂漠に住んでいるティーゼにとっては、プルメニア村の夏の気温でさえ過ごしやすいと感じるだろうな。それくらいあちらの暑さは過酷だ。

「ところで、村長さんの背中にある矢筒の羽根……もしかして、私の羽根ですか？」

「矢羽根に使用するのは嫌でした？」

ティーゼにとっては身体の一部といえるもの。性能だけを追求してしまったが、やはりこんな風に使用されるのは嫌だっただろうか？

「いえ、嫌ってわけじゃなく、ただ少し恥ずかしいなと……」

「なんかすみません」

獣人族ではないためにティーゼの恥ずかしさがどのようなものかは理解できないが、彼女にとってはそういう気持ちになるらしい。

「これから試射をするんですが、見ていかれますか？」

「見たいです」

羽根を使わせてもらっている立場だし、どのようなものになっているか見せておくべきだろう。

ティーゼが観客として加わる中、俺は錬金術で前方に土人形を作り上げる。さらに後方には矢を外しても問題ないように土壁を隆起させておいた。

「いつでもどうぞ」

「うむ！」

周囲の安全が十分に確認できると、ケルシーはゆっくりと矢を番(つが)えた。

弓を限界まで引き絞ると、ケルシーは押さえていた右手を離した。

空気を振動させるような甲高い音が響いたと思った頃には、矢は土人形に着弾して弾け飛んだ。

「これはすごいぞ、イサギ君！」

「え、ええ。すごいを超えてすごすぎですね……」

自分で作っておきながらビックリの威力だ。

本当に村の中で試射しなくてよかったと思う。

「重さなどに問題はないですか？」

「トレントの弓とは使い勝手が違うが慣れれば問題はない。バッチリだ！」

大樹の弓をすっかり気に入ったのか、ケルシーは新しい玩具を貰ったかのような無邪気な瞳をしていた。

「……私の羽根を使うと、あんなことになるんですか？」

これにはティーゼも唖然とした表情を浮かべている。

「ええ。ティーゼさんたちの羽根には風の魔力がこもっているので矢との相性がいいんです」

大樹を使っているために魔力の通りがよく、矢尻にはマナタイトを使用しているために硬度も増し、伝導率も高い。そこに風の魔力のこもったティーゼの羽根が推進力として付与されるので並々ならぬ威力へと変貌するのである。

「イサギさん、私にもその弓を作っていただけないでしょうか？」

考え込んでいたティーゼが真剣な顔つきで頼み込んでくる。

「弓だけであれば構いませんが……」

「それで十分です。その弓であれば、私たちの特性を十分に生かせると判断しました」

矢までは大量生産はできないと理解した上でティーゼは納得してくれたようだ。

「ふむ、風魔法の使い手であるティーゼさんが使えば、どんな威力になるのか気になるな。試しに使ってみてはくれないだろうか？」

「ぜひ」

魔力の扱いをそこまで得意としていないケルシーでこの威力だ。

風魔法を得意とするティーゼが使えば、どれほどの威力になるのか気になる。

ケルシーが弓矢を渡すと、俺は突き刺さった矢を回収し、錬金術で土人形を作り直した。

ティーゼは弦の調子を確かめるように指で弾くと、ゆっくりと矢を番える。

キリキリと弦がしなる音が鳴り響く。

ティーゼの体内にある魔力が活性化し、弓矢へと注がれているのがわかる。

やがてティーゼを中心に風が巻き起こる。

翡翠(ひすい)色の光の奔流が立ち上り、それは番えた矢へと収束した。

慎重に狙いを定めていたティーゼが右手を離した。

矢は風による超加速を得て土人形へと直撃。次の瞬間、矢に込められた風の魔力が解放され、土人形と土壁が派手に吹き飛んだ。

「大樹に加え、私の羽根を使っているからでしょうか？　魔力の通りが非常にいいですね」

試射の威力を目にして満足げに微笑むティーゼ。
ケルシーの試射が児戯のように思えてしまう威力だった。
想像以上の破壊力に俺とケルシーは言葉が出なかった。

6話　宮廷錬金術師は素材採取へ向かう

農園の仕事が落ち着いてきたので錬金術で何か魔道具でも作ろうと思ってマジックバッグをひっくり返してみたが、肝心の素材が足りないことに気付いた。

「鉱石が足りないなぁ」

「砦の建設、武器、魔道具の作成、ゴーレムの作成や補修と鉱石の類は先日の戦いで特に消費しましたから」

「そうなんだよ。これじゃあ、作りたいものを作ることができないや」

戦いが終わってようやく落ち着いてきたので生活に便利な魔道具でも作ろうと思っていたのだが、これじゃ何も作れない。

いつもならワンダフル商会から購入するのだが、先日の戦いのせいで村全体が鉱石不足に陥っている。村人の中には家にある調理道具を潰してまで武器の作成に回したというのだから俺だけが買い占めるような行いをするのは気が引けてしまう。

錬金術は無から有を作ることはできない。あるものに手を加えることで何かを作り出せる職業だ。素材がないとつくづく何もできないと痛感させられるな。

「イサギ様、鉱石が足りないのであれば、鉱山に採りに行きましょう！」

「仕事の方は大丈夫？」

採掘に向かうとなると、当然俺だけでは安全性に不安があるためにメルシアに付いてきてもらうことになる。

「私の方も最近は落ち着きましたので」

「お、頼りになるね」

メルシアが胸に手を当てて自慢げに答えた。

「ついでにキーガスさんとティーゼさんにもお声がけしましょう」

「あの二人も？」

「はい。二人とも身体を動かしたいとおっしゃっていましたし、人手が多ければより多くの素材を採取できますので」

二人だけだと俺が採取している間、メルシアが周囲の警戒をせざるを得ない。

そこに頼もしい二人の戦力が加われば、俺とメルシアは素材集めに専念できるというわけだ。

「そうしよう！　じゃ、声をかけに行こうか」

「はい」

俺たちは支度を整えると農園へと向かう。

農園に入るとティーゼがトマトを収穫し、キーガスがコンテナを荷車に積んでいた。

「二人ともちょっといいですか？」

「お？　イサギじゃねえか。どうした？」

「これからメルシアと素材を集めに鉱山に向かうんですが付いてきてくれませんか？」

「おお！　いいぜ！　ここんとこ、まともに身体を動かしてなかったから助かる！」

「ええ？　毎日のように農業をしてるよね？」

「いや、これは身体を動かしてるうちに入らねえよ」

「ええ……」

炎天下の中で一日中農業をするって、俺の中ではかなりのハードワークなんだけど。

キーガスの中では身体を動かす＝戦うことのようだ。

「ティーゼさんもいかがです？」

「まだお仕事の途中ですがよろしいのでしょうか？」

「大丈夫。その辺はメルシアが調整してくれるから」

視界の端ではメルシアが二人の監督をしているネーアに話しかけている。

少しキーガスとティーゼを借りていく旨を伝えているのだろう。

一時的に働き手が減ってネーアはげんなりしているが、メルシアが何事かを伝えるとやる気に満ち溢（あふ）れた顔になった。

「二人ともここはあたしに任せて行っておいで！」

「でしたら、お供させてください。ちょうど弓の練習をしたかったんです」

監督役から許可が下りたのでティーゼもやってきてくれることになった。

「ちょっと武器を取ってくるぜ！　先に行くなよ？　そこで待ってろよ？」

「置いていったりしないから」

キーガスとティーゼが販売所の宿舎へと必要なものを取りに行く。

その間、ただ待っているだけっていうのも退屈なので、トマトの収穫作業を手伝うことにする。俺の都合で働き手を二人抜くことになったのでネーアのために少しでも補填はしておきたい。

「ところでネーアがやけにやる気満々だったけど、何を言ったの？」

「彼女の好きなバナナジュースを作ることを対価にしました」

「なるほど」

それはまた微笑ましい対価だ。だけど、メルシアの作るジュースは美味しいので決してバカにできないな。

まだ赤く染まりきっていないトマトのヘタをハサミで切っていく。

トマトは収穫すると、熟成されて実を赤くする性質があるので販売所やワンダフル商会に卸すものは、赤く染まりきる前のものを収穫するのが望ましい。それぞれの卸先のことを考えて収穫するのが大事だったりする。

「はー、こうやって無心で収穫をする時間もいいね」

「落ち着いたら一緒に農業もしましょう」

ここ最近は忙しい日が多いからね。たまには何も考えずに農作業に明け暮れるってのも悪くない。

「お待たせしました！」

「準備できたぜ！」

コンテナの一つを半分ほど埋める頃にはティーゼが大樹弓を、キーガスがトマホークを手にして戻ってきた。

俺はマジックバッグから四人分のゴーレム馬を取り出す。

「それじゃあ、鉱山に向かおうか」

それぞれがゴーレム馬に跨ると、俺たちは鉱山に向かった。

●

ゴーレム馬で平地を進むこと十五分。俺たちは緑豊かな森にたどり着いた。

「山までまだ距離があるけど、森の植物も採取したいのでここから徒歩でいいかい？」

「構わねえよ」

主目的は鉱石の採掘なので一直線に鉱山に向かうべきだが、森にあるいくつかの素材も採取しておきたいがためにここで降りることにする。

以前は徒歩で向かって小一時間はかかっていたので大分時間の短縮になったな。

「本当にこちらは緑が豊かですね」

「ああ、砂しかねえ俺たちのところとは大違いだ」

「余裕があれば、ラオス砂漠でも育つような木を開発してみたいね」

「砂漠に木が増えれば、何かいいことがあるのか？」

「大きなメリットだと生物の多様性が増えること。大気中の保水力が高まり、雨が増加すること。農耕可能地が増えて、食料の増産が見込めることなどですかね」

キーガスの問いかけにメルシアが答えてくれる。

他にも森林地帯に隣接している集落などの砂害が軽減されること、過激な気候差が緩和されることとメリットはたくさんある。

「それはすげえな！」

「ただこちらは農園を作る以上に時間がかかるでしょうし、行うとしても錬金術師が付きっ切りで調整をしないといけないのです」

年単位で取り掛かる大仕事になるので難しい。

「その知識をいただけただけで十分です。私たちの方でも試行錯誤してみることにします」

「そうだな。何もかもイサギに頼り切りっていうのは情けねえからな。俺たちもできることをやらねえと」

「その第一歩として私たちも錬金術師を育成した方がいいのかもしれませんね」

「ああ、うちで錬金術師を囲っちまうのがいいな」

ティーゼとキーガスが悪い笑みを浮かべている。

二人の頭の中ではどうやって錬金術師を育成するか、誘致するかなどの方法を考えているに違いない。何だかちょっと怖い。

「イサギ様、あそこに噛みつき草がありますよ」

二人の会話に耳を傾けていると、メルシアが右方を指さしてくれた。

「おっ、本当だ。採取しよう」

近づいていくと、そこには口のような形をした植物が生えていた。

「これを採取すればいいんだな？」

「あっ、迂闊に手を近づけると――」

「いってえ！」

俺が忠告の声をあげようとしたが遅かった。

キーガスの指は噛みつき草によって噛まれていた。

「そのままにしていてね。口を開かせるから」

俺は指先から火を出して近づけると、噛みつき草は嫌がるように身をくねらせて口を開いた。

「はい。ポーションだよ」

「すまねえ」

ポーションを少しかけてやると、キーガスの指の傷は瞬く間に塞がった。

ちょっとした棘が刺さる程度であるが、傷なんてものは治しておくに越したことはない。

「あなたはバカなのですか？　砂漠でも不用意に植物に触ったりしないでしょうに」

「ぐぬぬ」

ティーゼの言葉にいつもは反発しがちなキーガスであるが、今回ばかりは正論であるために反論できないようだ。

「初めての探索で興奮してしまう気持ちはわかるけど、迂闊に素材には触らないようにね？」

「……すまん」

キーガスだって悪気があったわけじゃないし、伊達に過酷な砂漠で生き抜いてきたわけじゃない。新しい環境でちょっと調子に乗ってしまっただけだ。

同じミスを何度も繰り返す奴じゃないので怒る必要はない。

「この植物の採取はどのようにするのでしょう？」

空気を変えるようにティーゼが明るい声音で尋ねてくる。

「噛みつき草は迂闊に手を近づけると噛みついてくるので、こんな風に棒を噛ませてから採取するのが安全です」

錬金術で土棒を作成して近づけると、噛みつき草が噛みついた。

　これは噛みつき草の反射的な防衛行動なので、それが獲物ではないとわかって口を開くようなことはできない。

　メルシア、ティーゼと一緒に棒を突き出してやると、すべての口を塞ぐことができた。

　あとは根っこから掘り返して採取するだけだ。

「ちなみにこの植物は何に使えるんだ？」

「植物に狂暴性を与えたい時の因子として使えるね」

「……まだ帝国との戦いに備えているのか？」

「できれば、そうならないのが理想だけど、何が起こるかわからないからね」

　ライオネルが第一皇子であるウェイスとガリウスを中心とした貴族を捕虜とし、帝国との交渉をしている最中だ。

　帝国の動き方によっては再び戦いになってしまう可能性もある。

　前回のように備えもなしに動くのはこりごりだ。

　だから、できるうちにできることはやっておく。

　プルメニア村周辺の防備が整っていれば、帝国だって侵攻を躊躇するかもしれない。

「まあ、戦いに使わなくても改良次第では農園を虫害から守ってくれるような植物を作れそうだからね」

うちで育てている作物は成長が早いため、そういった虫害に晒されることは少ないが夏になったせいか生き物が増えて、僅かに被害が出ているのも事実だ。そういった被害を減らす意味でも配置したいと思っている。

「しっかりと日常的な活用法を考えているところがイサギさんらしいですね」

「そっちが本分だから」

帝国の宮廷錬金術師のようなすごい軍事魔道具は作れないかもしれないけど、俺なりにできることはやっておきたいと思った。

7話　宮廷錬金術師は仲間と坑道駆除をする

森の中で採取を続けていると、俺は青い葉を生やしたブルーハーブを見つけた。

「ちょっと待てイサギ」

近寄ろうとすると、キーガスが俺を呼び止めた。

「何だい？」

「その木に魔物がいるぜ」

言われて視線を前に向ける。

ブルーハーブの傍には木があるだけだ。

見上げて枝葉などに注視してみても、魔物らしき存在は見当たらない。

「どこにいるの？」

「ここだ」

小首を傾げると、キーガスがトマホークを素早く木の中心に突き出した。

「ギエエッ!?」

すると、甲高い声が響いてヤモリのような魔物が姿を現した。

「ゼンマイヤモリですね。体表を変化させ周囲に溶け込むことで獲物を襲います」

体は灰色の体表をしているが、尻尾の方だけ緑色になっておりゼンマイのように巻かれている。まさにゼンマイのようなので名付けられたのだろう。

「……よく気付いたね」

「まあ、これくらいは当然だな。砂漠にはこの手の魔物はごまんといるからな」

とか言いつつも、ちょっと照れくさそうにしているキーガス。

「ちなみにティーゼさんも気付いていた？」

「はい。そこだけ不自然な色合いでしたし、僅かに動いていましたから」

ラオス砂漠で鍛えられているキーガスとティーゼにとっては、この程度の擬態では誤魔化すことができないようだ。

「イサギ様、私も気付いておりました」

「気付いていないのは俺だけか……」

「砂漠に農園を作ってみせたり、キングスパイダーを相手に大立ち回りする錬金術師だっていうのに抜けてるところは抜けてるんだな」

「そこがイサギ様の可愛らしい部分です」

なぜか自分のことのように自慢するメルシア。

抜けてることを否定してはくれないんだ。

「こいつはどうする？　持ち帰るか？」

キーガスがトマホークを引き抜き、息絶えたゼンマイヤモリをこちらに向けてくる。

「一応、ヤモリには漢方や薬酒にも使い道はあるし、持ち帰るよ」

「ほ、本当に何でも採取するんだな……」

てっきり断ると思っていたのかキーガスが驚いたように目を丸くする。

「思わぬ素材が品種改良に役立ったりするからね。素材は多いに越したことはないよ」

ゼンマイヤモリを受け取るとマジックバッグへと収納した。

「イサギ様、そろそろ鉱山に行きましょう」

「そうだね。森の採取は切り上げることにしよう」

朝から出発したというのに時刻は既に昼を超えている。今回のメインは鉱石類の採取だ。

あまり森の素材ばかりに時間をかけてはいられない。

名残り惜しいが俺たちは山を登ることにした。

進んでいくごとに木々が少なくなり、平坦な獣道から険しい傾斜へと変化していく。

やがて視界から木々はなくなり、傾斜は切り立った崖となった。

「イサギ様、大丈夫ですか？」

「大丈夫。前も通った道だから大丈夫だよ」

なんかこんなやり取りを前にもしたような気がする。

メルシアが心配そうな表情で振り返っており、キーガスがやや退屈そうな顔で待ってくれている。傍ではティーゼが色彩豊かな羽根を動かして宙を飛んでいた。

俺以外の全員がするすると進んでいる。もたもたとしているのは俺だけだった。

メルシアとティーゼはともかく、体格もがっしりとしているキーガスまで軽やかに移動できるのがすごい。

皆に心配げな視線を向けられながらも俺は何とか入口にたどり着くことができた。

「ふう、ようやく着いた」

「前回よりも大分早くなっていましたよ」

よかった。前回よりも遅かったらさすがの俺も凹むところだった。

キーガスは二回目でこの遅さなのか？　って、顔をしていたけど気にしないことにする。

水分補給を済ませると、俺は坑道の入口を確認。

「うん。坑道の強度も問題はないね」

「では、中に進みましょう」

「うん」

視界がおぼつかない俺のためにメルシアがランプの魔道具を手にして進んでいく。

その後ろを俺が付いていき、さらに後ろをキーガス、ティーゼが付いてきてくれる。

前回、調査を行ったために入口付近に鉱脈がないのはわかっているので俺たちはドンドンと地下に降りていく。

すると、先頭を歩いていたメルシアの耳がピクリと震え、足が止まった。

「魔物かい？」

「はい。足音からおそらく三体のマンティスですね」

「どんな魔物なんだ？」

「強靭な刃を振るってくるカマキリの魔物です」

「なるほど。近接型だな」

「でしたら、大した脅威ではありませんね」

キーガスとティーゼに馴染みのない魔物のようだが、メルシアから説明を受けると大まかに理解したようだ。

いや、こんな狭い坑道で三体のマンティスと遭遇するのは脅威だと思うんだけど。

慎重に前へ進んでいくと、メルシアの予想通り前方から三体のマンティスが現れた。

見た目は全長百五十センチほどの大きなカマキリ。魔道具の光を鈍く反射する強靭な鎌のような腕が見えていた。

「よし、ここは俺に任せろ！」

「どうぞ」

頷くと、後ろにいたキーガスがトマホークを構えて突進していく。

キーガスがトマホークを薙ぎ払うと一体のマンティスの首が飛んだ。

二体目、三体目のマンティスがすかさず反応し、キーガスに向けて腕を振るう。

キーガスは鋭いステップで攻撃を躱(かわ)しながらトマホークを振るいマンティスの腕を次々と落としていく。

そして、相手がバランスを崩したところでトマホークを上段に振り下ろした。

「まあ、こんなもんだな」

キーガスが三体を討伐するまで二分もかかっていない。驚異的な討伐スピードだ。

「さすがだね」

「この程度ならうちの見習いでも倒せるぜ」

肩をすくめながらキーガスが言う。

事実、赤牛族の種族特性である身体強化すら使っていないし、彼にとってこの程度の魔物は相手にならないのだろう。

「戦闘音を聞きつけて、他のマンティスが集まっています、今度は五体」

「今度は私に任せてください」

メルシアが声をあげると、今度はティーゼが手を挙げて大樹弓を構えた。

「威力は抑えてね」

「わかっています」

念を押すように言うと、ティーゼはにっこりと笑みを浮かべた。

ティーゼが矢筒から取り出した矢は、大樹製のものではなく普通の木製の矢だったが矢羽根には極彩色の羽根がついていた。

ティーゼがゆっくりと矢を番えると、左右の通路から合流してマンティスがわらわらと出てきた。

そこに矢が放たれる。先頭にいたマンティスが腕を掲げるようにして防ごうとするが、矢がひとりでに迂回してマンティスの顔を貫いた。

「「はい？」」

矢とは思えない軌道を目撃したせいか、俺たちから間の抜けた声があがった。

マンティスが倒れる中、続けてティーゼは矢を放つ。

二体目、三体目、四体目とマンティスが次々と射抜かれていく。

マンティスたちは反応して腕で防ごうとするが、ティーゼの放った矢は変幻自在の軌道を描いて確実に急所を射抜いていった。

防ぐことは無理だと判断した最後のマンティスが回避しようと横にステップをするが、ティーゼの放った矢はそれすらも追いかけて頭部の側面を射抜いた。

「ティーゼさん、今のは何ですか？」

「風の魔力を利用して、矢の軌道を変えてみました」

「そのようなことが可能なのですか？」

「それなりに風を操る技量があればできるかと」

メルシアからそうなのかと視線を向けられるが、俺は大きく首を左右に振っておいた。

「風魔法が特別に得意で日頃から風と触れ合っているティーゼさんだからできる芸当だよ」

魔力制御に自信のある俺でもそのようなコントロールなんてできない。

帝国の宮廷魔法使いでもこのような事象を起こせる者はいないだろうな。

「おっ、今度は蝙蝠がやってきたぞ！」

一息ついていると、今度は後方からハットバットの群れがやってくる。

「ハットバットだ。それにしても随分と魔物の数が多いね？」

以前、坑道に潜った時はここまで魔物に遭遇することはなかった。

「しばらく人が入っていなかったせいで魔物が増えているのかと」

「安全に採掘をするために駆除しておきましょう」

「おい！　俺の分も残しておけよ！」

ティーゼが矢を連続で放ち、キーガスが意気揚々とトマホークを担いで前に出た。二人だと間違いなく疲弊していたに違いない。キーガスとティーゼを連れてきてよかったと思う。

8話　宮廷錬金術師は鉱山で掘削する

「周囲に魔物の気配はありませんね」

「ようやく落ち着いたみたいだね」

ハットバットの他にもガントル、ロックホーンなどといった魔物も合流してきて大変だったが、キーガス、ティーゼが大いに活躍をしてくれたお陰で殲滅(せんめつ)できた。

「こんなに魔物が集まってくるなんて。二人を連れてきてよかったよ」

俺とメルシアだと間違いなく疲弊していただろう。主に俺が。

「個人的にはもうちょっと暴れたかったんだけどな」

「もう少し弓の練習をしたかったので残念です」

トマホークを肩に担ぎ物足りなさそうにするキーガスと、弦を弾いて残念そうにするティーゼ。砂漠の戦士たちは体力が有り余って仕方がないようだ。

「メルシアはほとんど戦っていないけど物足りないとか思ったりするの?」

「いいえ。私はイサギ様をお守りするのが優先事項なので。お二人のお陰でイサギ様の傍を離れることなく護衛ができて嬉しいです」

メルシアには二人のように率先して戦いたいといった欲求は薄いようだ。護衛の鑑である。

「こいつらも回収するのか？」

「うん。大物の魔物の魔石だけ回収してくれると助かるよ」

「わかった」

村に戻ってきて解体をすればいい話だが、これだけ数が多いと大変だ。

人数が揃っているうちに魔石だけでも回収をしておきたい。

それに鉱石だけでなく、魔石も枯渇しているので手持ちのストックとして所持しておきたかった。

坑道はマンティス、ハットバットといった魔物の死骸で埋まっている。

すべての魔石を取り出していっては時間がかかるので、質の高い魔石を有している魔物だけを優先して解体していく。

「こんなものでいいか？」

「ありがとう。助かるよ」

キーガスたちが質のいい魔石を優先して持ってきてくれる。

俺はそのうちの一つの魔石から錬金術で不純物を取り除き、魔力加工を施す。

すると、濁った魔石が透き通るような色になった。

俺は右手で壁に触れると、土を媒介にしてゴーレムを作り上げる。

魔石に命令式を刻み込んで、ゴーレムの胸元にはめ込んだ。

「お、おお。ゴーレムってこんなに簡単にできるんだな」

ゴーレムを作り上げる光景を初めて見たのだろう。キーガスが少し驚いた顔をする。

「イサギ様だからこそです」

「ああ、やっぱりそうなのか」

簡単なストーンゴーレム程度なら十秒もかからないと思うんだけど、一般的な錬金術を知らない俺に口を挟むことができなかった。

ゴーレムを作り上げると、俺は魔物の死骸を一か所に集めるように指示。

集められた死骸を俺はせっせとマジックバッグへと納めていく。とても楽だ。

魔物の回収が終わると、俺たちは最後尾にゴーレムを加えて坑道の中を進み始めた。

しばらく突き進むと前回採掘した地点へとたどり着いた。

俺は壁に魔力を流しながら鉱脈を探る。

「うん。この辺りにしよう」

前に採掘したところより少し離れた地点に大きな鉱脈が走っている。ここを掘削すれば、鉱石類がたくさん採取できるだろう。

周囲に魔道具を設置して光源を確保する。

「俺が掘削するから皆には鉱石の回収や周囲の警戒をお願いするよ」

メルシアだけでなく、キーガスとティーゼも俺が錬金術を使用して、水脈を探ったり、掘削できることを知っているので細かく説明する必要もない。

メルシアが回収用のマジックバッグを手にし、キーガスが採掘道具を手にして備える。

ゴーレムには邪魔な石などの除去をお願いし、ティーゼには周囲の警戒をお願いすることにした。

「じゃあ、掘削していくよ」

壁に手を当てて錬金術を発動する。

すると、土壁がひとりでに崩れ出していき、ゴロゴロと土や石が出てくる。

そのまま数メートルほど掘り進めると、土や石に交じって、鉄鉱石、銅鉱、鉛、魔力鉱といった鉱石類が出てきた。

「うはっ、鉱石の類が勝手に出てきやがるぜ！」

「イサギ様の邪魔にならないように急いで回収しますよ」

キーガスが喜びの声をあげる中、メルシアは素早くマジックバッグへと収納していく。

回収係が二人いて、ゴーレムの補助があるならペースを上げても問題なさそうだな。

鉱石類を破壊しないように土や石だけを脆弱化し、破壊することを繰り返す。

「ちょ、待て待て！　回収するペースが追いつかねえって！」

「ごめんごめん。つい掘削するのが楽しくなっちゃった」

さすがに調子に乗りすぎたようだ。気が付けば、足元が鉱石で溢れかえっていたので掘削を止める。これ以上掘削をすれば、足元にある鉱石に土や石が降りかかって傷をつけかねないからね。

掘削をやめて俺も回収作業を手伝う。

足元に転がってくる土や石をゴーレムが持ち運び、砕き、舞い上がる土煙は警戒をしているティーゼが密かに風魔法で散らしてくれた。とても助かる。

「これだけ手に入れれば十分ですね」

「うん。これで思う存分、魔道具が作れるよ」

坑道に巣食っていた魔物を倒したお陰で魔石も大量に手に入ったし、しばらくは素材不足で頭を悩ませることはないだろう。

「んん？」

「ティーゼさん、どうしましたか？」

「……今、坑道の奥に何かがいたような気がします」

周囲を警戒していたティーゼの声に全員が臨戦態勢となる。

気配を殺して耳を澄ませていると、前方の通路からモゾモゾとした気配が近づいてくる。

坑道の奥からやってきたのは金色の殻を背負った大きなカタツムリであった。

「金色のカタツムリ？」

俺の発した声でこちらに気付いたのかカタツムリは触覚をビクンと震わせると、カタツムリとは思えない速度で走り去っていく。

「えええええ!?　速っ！」

「ゴールデンマイマイです！　殻が貴重な素材なので捕まえてください！」

メルシアから貴重な素材となると聞いた俺は、地面に魔力を流してゴールデンマイマイの位置を補足。錬金術を発動して、逃走ルートを塞ぐようにして土壁を隆起させる。

すると、ゴールデンマイマイが慌てて止まり、俺たちの方へと加速して戻ってくる。

土壁で囲もうとするがゴールデンマイマイが速すぎて捕まえることができない。

「おおっと、さすがにここは抜かせねえぜ！」

後ろの通路も塞いでしまおうと思ったところで赤色のオーラを身に纏ったキーガスがゴールデンマイマイを捕らえた。

「キーガス、でかした！　俺がとどめを――あっ！　逃げた！」

短剣を手にして近づくと、ゴールデンマイマイが金の殻を脱ぎ捨てて脱兎のごとく逃げ出した。

カタツムリなのにこうも簡単に殻を捨てるとは。

ティーゼが素早く弓を構えるが、メルシアが手をかざして止める。

「必要なのは殻だけなので無理に仕留める必要はないでしょう」

「そうですね」

ゴールデンマイマイは鉱山に含まれる金などの鉱石を食べ、長い時間をかけて殻を形成するらしい。逃がせばまた素晴らしい殻を作ってくれるかもしれない。

ティーゼがスッと弓を下ろす中、俺はゴールデンマイマイの落とした殻を確認する。

「うわ、すごい。まるで錬金術を使って不純物を取り除いたかのように上質だ」

未加工の金でここまで上質なものは初めて目にした。

「それにはどんな使い道があるんだ？」

「武器や魔道具の材料に使えるね。他には装飾だったり、術式を描くためのインクにも使える。魔力の伝導率が高いから何にでも使えるよ」

使い道を考えただけでワクワクする。

「これだけ上質な金だったら売り払おうとは思わねえのか？」

「ただの金ならともかく、ゴールデンマイマイの殻を売るなんて勿体ないよ！」

「お、おお。そうか……」

俺が強く主張すると、キーガスがなぜか一歩引いてしまう。

「イサギさんは本当に錬金術で物を作るのがお好きなんですね」

そんな様子を見て、ティーゼがころころと笑う。

帝国のせいで長らく自由に物作りができていないからね。

これだけ材料が揃ったんだ。これからはのんびりと好きなものを作るんだ。

9話　宮廷錬金術師はカッフェ用ミキサーを作る

たくさんの鉱石を採取した俺たちは下山し、プルメニア村へと戻ってきた。

「二人が手伝ってくれたお陰でたくさんの素材が集まったよ。お礼をしたいと思うんだけど何か欲しいものはある？」

あのあとゴールデンマイマイだけでなく、シルバーマイマイの素材も手に入った。

これだけの素材集めを手伝ってもらったんだ。俺にできる範囲でティーゼやキーガスにお返しをしてあげたいと思った。

「私は既に大樹弓を貰っていますので、これ以上のものを受け取るわけにはいきません」

「わかりました。じゃあ、キーガスは？」

視線を向けてみると、彼は腕を組んで考え込む。

彼のことだから戦いに使える魔道具を欲しがるだろうか？　あるいは集落に役立つような生活魔道具かもしれない。

そんな予想を立てていると、真剣な表情を浮かべていたキーガスが口を開いた。

「……カッフェ豆を美味しく挽くための道具とか作れねえか？」

そうきたか。相変わらず、キーガスのカッフェに対する情熱は高いようだ。

「挽くってことはカッフェ豆を効率的に潰すための道具が欲しいってことだよね？」

「ああ、できれば豆が均一に近い粗さで挽けて、微粉が少なく、香りや風味を損なわねえようにできるものがいい」

意外と要望がしっかりしていた。

俺は錬金術を使って手軽に均一に粉砕することができるが、キーガスにはそのようなことができない。薬研のような道具ですり潰すことになる。

しかし、本来の用途とはまるで違う道具で粉砕すると、カッフェの風味を大きく損なってしまうのだとか。キーガスはここ最近、空いた時間にすり潰すための道具を自作していたようで上手くいかなかったらしい。

「作れそうか？」

「うん。すぐに作れると思うよ」

要は容器の中でカッフェ豆を均一にすり潰すことができればいいのだ。

数か月前にミキサーという食材を均一にすり潰すための魔道具を自作している。

調整を繰り返す必要はあるが、その構造を応用すれば、すぐに作り上げることができるだろう。

「本当か！　なら頼む！」

「わかった。夕食まで時間があることだし、これから作るよ」

「俺も付いていっていいか？」

どうやらカッフェ豆を挽くための道具がどのように作られるか興味があるらしい。

「いいよ。工房に案内するね」

錬金術に興味を持ってくれたのなら大歓迎だ。

ティーゼと販売所の前で別れると、俺とキーガスとメルシアは工房に移動した。

「へえ、ここがイサギの工房か」

錬金術師の工房にやってくるのは初めてなのだろう。キーガスが工房に足を踏み入れるなりキョロキョロと部屋を見渡した。

「思っていた以上に整ってるな」

「あはは、メルシアが整理整頓してくれるから」

長いこと砦にこもっていたのでここの工房を使うのは久しぶりだが、見事に整理整頓がされている。おそらく、俺がすぐに使えるようにメルシアが整えてくれていたのだろう。

本当に助かる。

俺が快適にもの作りできるのは、彼女のお陰だ。

「さて、早速カッフェ豆を挽くための道具を作るよ」

「おお、頼む」

キーガスがゴクリと息を呑みながら頷く。

期待するようなすごい作業工程はないと思うけどね。

「メルシア、ミキサーを持ってきてくれる？」

「はい。こちらに」

メルシアがテーブルにミキサーを持ってきてくれた。

「これは？」

「食材を細かくすり潰すための魔道具だよ。キーガスが欲しがっている道具を作るのに、これを参考にしようと思ってね」

キーガスの疑問に答えながらミキサーの構造を改めて確認。

「一度、これでカッフェ豆を挽いてみよう」

蓋を外すと、メルシアが焙煎(ばいせん)したカッフェ豆をミキサーに投入してくれる。

ボタンを押すと内部から駆動音が響き、刃が回転してカッフェ豆を粉砕し始めた。

「うおおお、すげえ！　豆があっという間に粉砕されてるじゃねえか！」

「そういう魔道具だからね」

ただカッフェ豆を挽くために作ったものじゃないので塩梅(あんばい)がわからない。

とりあえず、念入りに粉砕しておこう。

三十秒ほど続けるとボタンを押して粉砕を止めた。

「なんかいい感じだな」

「飲んでみようか」

カッフェ豆を粉砕する構造はミキサーと同じでよさそうだ。

あとはこれで味さえ問題なければ、使いやすいように調整を加えるだけでいい。

メルシアが粉砕したカッフェ豆を使って、カッフェを淹れてくれた。

ティーカップを持ち上げて鼻を近づけてみる。

「作ったばかりのカッフェの香りだ」

「いい香りがしますね」

「俺が手作業で挽き潰すよりよっぽど香り高いな」

薬研などですり潰すにはどうしても限界があるからね。こういった単純作業は魔道具に任せるに限る。

「次は味だね」

「そうだな」

香りを堪能したところで俺たちはティーカップを傾けた。

「うん、普通に美味しいや」

「ですが、イサギ様が錬金術で粉砕したものに比べると粗っぽさがあるような気がします」

「ああ、挽き具合を調整できるようにしてほしい」

「なるほど。そこは刃の大きさを変えれば、何とかなりそうだね」

どの程度の粗さにしたいか選択できるようにブレードを付け替えれば、その辺りは何とかなるような気がする。

「よし、方向性が決まったところでカッフェ豆用のミキサーを作るよ」

とはいっても基本的な構造は同じだ。

合成素材で素材を加工してスタンドを作ると、内部に魔力回路を埋め込む。

半透明素材のプラミノスに変形を加えて円柱を生成。同じようにミキサーよりも小さめの金属刃を作成してはめ込んでみる。

「最後に魔石をはめ込んだら完成だ」

「素材が次々と変形して組み上がりやがる。簡単そうに見えるのは、イサギが何度も繰り返しているからなんだろうな」

「錬金術師はひたすらに基礎を積み上げるものだからね」

一つ一つの作業は地味かもしれないが、その積み重ねによって何かを作るんだ。

土台が覚束ないといいものは作れないからね。

「早速、これを使ってみようか」

蓋を開けてカッフェ豆を投入し、ボタンを押す。

すると、中にある金属刃が回転し、カッフェ豆を潰し始めた。

豆の粉砕が終わると、メルシアにカッフェを淹れてもらう。

「先ほどよりも香り高いですね」

「ああ、粗っぽさが消えて、味が繊細になった。さっきのも悪くねえが、これはこれでいいな」

カッフェ用のミキサーで作ったものを飲んでもらうと、とても好評のようだ。

俺にはカッフェの味の良し悪しがそこまでわかるものじゃないけど、さっきとは全然違う風味や味わいになったということだけはわかる。

「二枚刃の他にも三枚刃、四枚刃にしたものや、螺旋(らせん)式の刃、さらに素材をセラミノスで作ったものもあるから家で作った時に感想を聞かせてほしいな」

素材や形状を変えて十二種類もの刃を作ってみた。

さすがに一度にこれだけの数を試すのは無理なので、その辺りの詳細なレポートはキーガスに任せよう。全部試した上で問題があれば、調整を加えればいい。

「おおおお、ありがてえ！　早速、宿舎に戻ってカッフェを挽いてくるぜ！　ありがとな、イサギ！」

すべてのカッフェ豆用のミキサーと十二種類の刃を渡すと、キーガスは喜びの声をあげて工房を出ていった。

今から宿舎に戻ってすべての種類のカッフェを淹れてみるようだ。

本当にカッフェが好きなんだなぁと思いながら、俺とメルシアは彼の後ろ姿を見送った。

10話　宮廷錬金術師は新メニューを試食する

「イサギ様、農園カフェの方から試食のお願いがきています」

工房にこもって先日採取した素材の仕分けをしていると、メルシアが入ってくる。

試食というのはカッフェやカカレートを使った料理だろう。

「もうできたんだ。試食は今日の昼からでもいいのかな？」

「いつでも問題ないとの回答を貰っています」

「わかった。なら今から農園カフェの方に顔を出そうか」

ちょうど時刻は小腹が空く時間帯。こういうのは早いうちに進めた方がダリオとシーレもモチベーションを保てるだろう。

「生産者であるキーガスさんとティーゼさんにも声をかけますか？」

「そうだね。二人もどんな料理ができるか楽しみにしていたし誘ってあげよう」

俺たちはキーガスとティーゼを誘うために農園に向かうことに。

「行くぜ！」

「行きます！」

農園で見つけたキーガスとティーゼに声をかけると即座に頷いた。

「にゃー！　またあたしだけお仕事ー!?」

またしても部下を抜き取られる形になったネーアは悲壮な声をあげる。

ネーアも連れていってあげたいところだけど、農園の作業も止めたくないし、彼女まで連れていくと他の従業員も抗議の声をあげかねない。

「悪いな」

「ちゃんとお土産は持ち帰りますので待っていてくださいね、ネーアさん」

「うう……」

とりあえず、減ってしまった作業要員はゴーレムを追加することでカバーする。

それだけでは可哀想なのでネーアには今度埋め合わせをすることを約束した。

キーガスとティーゼを加えると、俺は農園カフェへと向かう。

販売所の中に入ると、その一画には農園カフェがあり、ダリオがオレンジを剥いており、シーレがカカレートソースのようなものを作っていた。

準備中の看板の横を通り過ぎて中に入ると、ダリオがこちらに視線を向けて人懐っこい笑みを浮かべる。

「イサギさん！　試食しに来てくれたんですか？」

「はい。それと今日は生産者であるお二人も連れてきました」

「ええ!?　生産者の方ですか!?」

「カッフェを作らせてもらっているキーガスだ」

「カカレートを作らせてもらっていますティーゼです」

「は、はじめまして、料理人のダリオといいます！」

「……料理人のシーレよ」

「今日はカッフェやカカレートを使った美味しい料理を作ってくださるとのことで楽しみです」

「は、はい！　頑張ります！」

柔和な笑みを浮かべるティーゼに一瞬見惚(みと)れていたダリオだが、シーレに肘鉄を入れられてすぐに返事をした。

うちの村には鳥人族の獣人は少ない上に、ティーゼのようなお淑やかなタイプの女性は少ない。初心(うぶ)なダリオがその笑みに見惚れてしまうのも無理もないだろう。

「……すぐに準備いたしますのでこちらの席でお待ちください」

ダリオが準備を進める中、シーレが丁寧な所作でテーブルへと案内してくれる。

わざわざイスも引いてくれたりして、いつもより態度が畏(かしこ)まっている。

「シーレさんの丁寧な口調を久しぶりに聞いた気がします」

「生産者の前ですから失礼なことはできません。私たちの料理の出来栄えで農園カフェ、ひいてはワンダーレストランでカッフェやカカレートを扱えるかが決まるのですから」

料理人にとって特別な食材を作る生産者というのは、それだけ緊張する相手のようだ。

よっぽど酷い料理を出さない以上、二人が出荷を渋るようなことはないと思うが、少しでも心象をよくして、少しでも出荷量を多くしてもらいたいというのが料理人としての思いだろうな。

などと思っていると、厨房の方からカラーンカラーンとボウルの転がる音が響いた。

突然の甲高い音にビックリして肩をすくめてしまう。

「わわっ！　ごめんなさい！」

慌ててボウルを拾い上げるダリオを見て、シーレは深くため息をつきながら俺たちのグラスに水を注ぎ、厨房へと合流した。

「あれ大丈夫なのかよ？」

わたわたとした様子で準備を進めるダリオを見て、キーガスが不安そうな表情を浮かべる。

「料理の腕は確かだから信頼してくれていいよ」

「そうか。プロの料理人ってやつが俺たちの食材でどんなものを作るか楽しみだぜ」

「私たちでも再現できる料理があれば、参考にしたいです」

ダリオは鈍くさいけれど、料理の腕前については確かなので二人が満足する料理を提供できると俺は確信している。

しばらく待っていると、シーレがトレーの上にグラスを持ってやってきた。

「何だこれ？」

キーガスが小首を傾げながら言う。

グラスの中にはちょこんと茶色い球体が入っているだけだ。

最初からデザートを持ってくるとは思わないし、グラスに入っているので飲み物だと思うのだが明らかに茶色の球体は飲み物とは思えない。

「これは氷ですね」

メルシアの言う通り、グラスを触ってみるとヒンヤリとしていた。触ると気持ちがいい。

「氷！　これが氷なのですか？」

「初めて見たぜ！」

ティーゼとキーガスはラオス砂漠に住んでいるため氷を見たことがなかったらしい。

あのような灼熱地帯で氷を作ることは不可能だし、氷魔法を扱おうにも熟練した魔法使いが必要だ。二人が氷を見るのが初めてでもおかしくはない。

「これをそのまま口にするのか？」

「いえ、こちらはミルクを注ぐことで完成いたします」

俺たちが疑問符を浮かべる中、シーレがグラスの中にミルクを注いだ。

すると、パキパキと氷解する音が鳴り、グラスの中が茶色と白が入り混じった液体で満たされた。

「おお？　これカッフェの香りだぜ！」

「はい。アイスカッフェオレになります」

「なるほど。ミルクを注ぐことで凍らせたカッフェが溶け出し、カッフェになるのですね」

カッフェを凍らせてグラスに入れておくとは、何ともオシャレな仕掛けだ。

おそらく、俺が用意した業務用冷蔵庫で凍らせたのだろう。

目で楽しむと、全員がすぐにグラスを口へ運んだ。

カッフェの芳醇（ほうじゅん）な香りと強い苦みが広がるが、そこにミルクが加わることで苦みを中和してマイルドな味わいになっていた。

「冷たくて美味しいです」

「俺にはちょっと甘いが、たまにはこういうカッフェも悪くねえ」

キーガスのような本格派の舌でも満足できる仕上がりらしい。

そのまま砂糖を入れたり、ミルクを混ぜたりすることは考えても、凍らせようなどとは普通は考えない。料理人の思考というのは面白い。

「あっ、徐々に味が変わってきた」

「見た目を楽しむだけでなく、味の変化を楽しめるのが素敵ですね」

チビチビと飲んでいると、カッフェが溶け出してきたことによって味に深みが出てきた。

カッフェとミルクの割合が変わることによって味が変化するようだ。

「マジか。もう一杯頼もう」

「私もお願いします」

シーレにお願いして二人はカッフェの氷を入れてもらい、そこにミルクを注ぎ始めた。

そうやってアイスカッフェオレの味の変化を楽しんでいると、ダリオとシーレが大きな皿を持ってやってきた。

「お待たせいたしました。カカベジです」

目の前のお皿にはミニトマト、ニンジン、ピーマン、ガガイモ、ブロッコリー、焼きナスなどがカットされて盛り付けられており、小さな三つの器には溶かしたカカレートが入っている。

「これはどうやって食べるんです？」

並べられているものがわかっても、どうやって食べるかわからない。

「野菜をカカレートソースに浸けて召し上がってください！」

おそるおそる尋ねると、ダリオがにっこりとした笑みを浮かべて答えた。

「ええ？　野菜にカカレートをつけるんです⁉」

「はい。ソースは右からラム酒を混ぜたもの、シナモンを混ぜたもの、すりおろしたニンニクを混ぜたものと三種類ありますのでお好みで浸けてみてください」

シーレが冷静にソースの説明をしてくれる。

どうやらダリオのミスや暴走といったわけではないらしい。

野菜とカカレートという、何ともいえない取り合わせに俺たちは驚いてしまう。

野菜とカカレートの味を知っているだけに組み合わせた時の味が想像できない。想像しただけで脳がバグってしまいそうだ。

「とりあえず、食べてみるよ」

ミニトマトを手にして俺はラム酒の混ざったカカレートソースにディップ。

野菜にカカレートがかかっているというミスマッチな見た目に怯(ひる)みそうになるが、そのままえいやと口に入れた。

「あっ、美味しい！」

「どんな味なんだ？」

「ひとくち目でカカレートの甘みが広がって、しばらく噛んでいると野菜本来の味が広がるって感じかな。今までに食べたことのない味だよ」

おそらく苦みの強いものや、味にクセがあるものの方がより美味しく感じるかもしれない。

試しに香りの強いセロリなんかを食べてみると、クセの強さをカカレートがマイルドにしてくれて非常に食べやすい。それでいてほんのりとセロリの風味は感じるのだから大人の味ともいえるだろう。

俺が次々と食べるのを見て、ティーゼとメルシアがスティック状にカットされたニンジン、ピーマンをカカレートソースにディップして食べる。

「確かにこれは美味しいですね！」

「野菜とカカレートがこんなにも合うなんて思ってもみませんでした」

二人も野菜とカカレートの相性のよさに驚きつつも、その味を気に入っているようだった。

そんな風に全員が食べているのを見て、胡乱げだったキーガスもパプリカをソースにディップ。

「お、本当だ。意外といけるもんだな」

キーガスもその味わいに目を丸くしていた。

やがて他の野菜の味も気になるのか、次々と野菜をカカレートソースにディップしていく。

「ガガイモやブロッコリーも美味しいですね」

「そちらは一度蒸しているので旨みがギュッと詰まっています」

よく見れば、ナス、カボチャ、ネギなどには焼き目がついている。

どうやらただ野菜をカットしているだけでなく、それぞれが美味しく味わえるように調理しているようだ。

「カカレートソースを変えて食べると、また違った味わいになるね」

ラム酒を混ぜたものだけでなく、シナモン、ニンニク入りのカカレートソースに浸すとまた味わいが変わって楽しい。

「塩、胡椒、唐辛子を混ぜてもよさそうですし、クラッカーなんかに載せたらワインなどに合いそうです」

「ええ、合うかと思います！」

メルシアの呟きにダリオが頷く。

咄嗟にそんな応用まで思いつくなんてメルシアもすごいな。

「お待たせしました。カカレートソース添え、チキンソテーです」

カカベジを食べ終わると、今度はメインと言わんばかりに肉料理が出てきた。

見た目は一般的なチキンソテーであるが、チキンにはカカレートソースがかかっている。

が、こちらはそこまでとろみがあるわけではなく、意外とソースっぽい見た目だ。

「……カカレートソースを使っていますので、お早目にお召し上がりください」

おそらく、時間が経過するとカカレートが固まってしまったり、分離したりする可能性があるのだろう。

カカレートと鶏肉という、こちらも奇天烈な組み合わせだが、先ほどのカカベジで心の障壁は取り除かれたので動揺することはない。

俺はナイフで食べやすい大きさに切り分けると、フォークで口へ運んだ。

皮はパリッとしており香ばしい風味が鼻腔を突き抜ける。

柔らかな鶏モモ肉からはジューシーな肉の旨みが溢れ出し、そこにソースが混ざり合う。

「美味しい！」

カカレートのビターな甘みが加わることによって、鶏モモ肉の味わいに深みが増していた。

「お肉とカカレートって、こんなに合うんですね！」

「はい。独特のコクと渋み、品のよさが意外と肉料理に合うんです」

「ただカカレートを溶かしているだけじゃありませんよね？　赤ワイン、バター、ローリエ、タマネギ、コンソメなどが入っている気がします」

「よくわかりましたね！　メルシアさんのおっしゃる通り、いくつかの具材や調味料を混ぜて作っています。いやー、加熱しすぎると分離したり、焦げたりするので大変だったんですよ。ある程度冷めた時の濃度も考えて、水分量なんかも調節しないといけないですし」

ダリオの苦労話をメルシアが興味深そうにしながら聞いている。

簡単そうに作っているように見えるが、裏では相当な苦労があったようだ。

初めて扱う食材だというのに、ここまで料理として昇華させたのがすごい。

さすがは有名なレストランで修行を積んでいただけはある。

「最後にデザートをお持ちしますね」

あっという間にチキンソテーを平らげると、ダリオとシーレがデザートを持ってきてくれる。

「カッフェ豆のクッキーとカカレートタルトです」

お皿に盛り付けられているのはカッフェ豆の形をしたクッキーと、カカレートを使用したタルトだ。

クッキーにはカッフェ豆が練り込まれているのだろう。上品なカッフェの香りがしている。

カカレートタルトからは焼き上げられた生地の香りとカカレートの香りが混然となっている。

お腹はそれなりに膨れているはずなのに不思議と食欲を刺激される香りだった。

まずはカッフェ豆のクッキーを食べてみる。

「おっ、カッフェ豆の苦みがあっていいな」

「甘さが控えめなのもいいね」

口の中でサクサクと軽快な音が響き、カッフェ豆の風味と苦みが口の中で広がる。

甘さが控えめなので甘いものが苦手な人や、男性などは喜んで食べるだろう。

次にカカレートタルトを口にする。

カカレートの重厚な甘みと苦みが口の中に広がる。

やや強い甘みであるが、ザクザクとした食感の生地も負けておらず、香ばしい風味やバター、卵黄の甘みで文字通り土台を支えていた。

「うーん、カカレートの甘みがギュッと詰まっていますね」

「想像以上の美味しさです」

ティーゼとメルシアは特に気に入ったようで目をギュッとつぶって味わっていた。

「甘いのはどっちかっつうと苦手だが、これなら俺でも美味しく食べられる」

「アイスカッフェオレとも合いますし」

冷たいカッフェを口にすれば、舌に残ったビターな甘みを流してくれる。

食後のデザートにピッタリな相性だった。

「とても美味しかったです」

「カッフェとカカレートをこんな風に仕上げるとは思ってもいなかったぜ」

「ありがとうございます」

デザートを食べ終わると、ティーゼとキーガスが満足げな笑みを浮かべる。

生産者からのお褒めの言葉にダリオとシーレもホッとしている様子だった。

「試食品は以上となります。ランチには夏野菜を中心としたメニューを組み込み、お飲み物はアイスカッフェオレを中心とした涼を取れるものを加え、デザートはカカレートを中心に提供していこうかと思います」

「問題ないです。この調子でよろしくお願いします」

短期間の試作でこれだけ美味しい料理の数々を見せてくれたのだ。

ティーゼとキーガスも出来栄えに満足しているし、ダリオとシーレが作り上げたものであればいいものが出来上がるだろう。

俺から許可が貰えたとのことで農園カフェの営業再開は三日後に決まったらしい。

夏の農園カフェの営業が楽しみだ。

11話　宮廷錬金術師は様子を見に行く

「暑っ！」

家の方に保管している素材を取りに行こうと外の渡り廊下に出ると、尋常ではない陽光と熱気に身を包まれた。冷風の利いている室内から急に外に出たというのもあるが、それにしても今日は暑い。

足早に家に向かって必要な素材を取って工房に戻る。

「……もう汗かいちゃったよ」

たったこれだけの移動で背中の方にじんわりと汗が浮かんでいた。

農園には散水機に送風機を設置してはいるが、これだけの猛暑を前にしては意味を成さないかもしれない。

さすがにちょっと農園の方が心配だな。

こんな猛暑であろうと作物たちは遠慮なしに成長し続ける。特にキュウリ、トマト、ナスなどの夏野菜はとても成長が早い。作物を無駄にしないために従業員たちが無理をしていないか心配だ。

今日はメルシアも農園の作業を手伝っていると聞くし、様子を見に行くことにしよう。

工房を出て農園へ向かうと、畑では作業用のゴーレムが稼働しているものの従業員たちの姿は見えなかった。

よく従業員たちが休憩している小屋の中や、木陰、空き地にもいない。

「どこに行ったんだろう？」

「従業員たちを探しているのか？」

「わっ、どこから出てきてるんだよ！」

キョロキョロと周囲を見渡していると、シャドーウルフであるコクロウが足元の影からぬっと顔だけを出した。非常に心臓に悪いのでやめてもらいたい。

「従業員たちがどこに行ったか知ってるのかい？」

「あいつらなら猫娘の指示で販売所とやらに向かったぞ」

「そうなんだ。教えてくれてありがとう。あっ、コクロウにもこれを渡しておくね」

わざわざ教えてくれたコクロウに俺はマジックバッグからカカレートを取り出して渡す。

「何だこれは？」

「カカレートだよ。甘くてちょっと苦いお菓子みたいなものかな」

「ここ最近、村の方から漂ってくる甘い匂いはコレか……ふむ、甘さの中にほのかな苦みがあるな」

スンスンと鼻を近づけると、コクロウは固めたカカレートをパクリと食べた。

どうやらコクロウもそれなりに気に入ってくれたようだ。

「ウォッフ！　ウォッフ！」

「グオンン！」

「こら、貴様ら！　我の影を介して勝手に移動するな！」

コクロウから味の感想を聞いていると、影からブラックウルフがたくさん出てきた。

カカレートの香りを嗅ぎつけてやってきたらしい。

ブラックウルフたちが尻尾を左右に振ってこちらを見上げてくる。

俺は大皿を三つ取り出すと、そこにカカレートを盛り付けてあげることにした。

すると、ブラックウルフたちが我先にとばかりに顔を突っ込んで食べ始めた。

「まったくこのような甘みにほだされるとは嘆かわしい」

などと嘆息しつつもコクロウもしっかりと追加分を口にしており、口回りを茶色く染めていた。こうなってしまってはAランクの魔物の威厳はまったくないものだ。

食べ終わった大皿を回収すると、俺は販売所へと戻る。

販売所に入るとヒンヤリとした空気に包まれる。

農園を移動して汗だくになっていたので冷気がとても気持ちいい。

火照(ほて)った身体から熱が抜けて、汗がスーッと引いていくようだ。

深呼吸して呼吸を整えていると、今日は販売所がやけに賑(にぎ)わっていることに気付いた。

「今日は何か特別なイベントがあったっけ?」

「農園カフェの営業再開日ですわ」

小首を傾げていると、販売所のエプロンに身を包んだノーラが声をかけてきた。

「あ、そっか!」

試食会が終わってから既に四日が経過していたんだ。工房にこもっていると曜日の感覚がすっかり薄れてしまう。

「それにしてもすごい人気ですね」

視線を農園カフェの方に向けると、既に店内は満席。それだけでなく店外の待機用のイスも埋まっており、立って並んでいる村人もいるほどだ。

「皆さん、農園カフェの再開を待ち望んでおりましたから。ランチメニューが一新されただけでなく、カカレートを使ったデザートメニューが豊富になりましたから」

「ノーラさんも食べましたか?」

「はい。試作品のいくつかを食べさせていただきました。特にカカレートタルトは頰っぺたが落ちるような美味しさでしたわ」

農園カフェと販売所の従業員の関係は密接だ。俺が試食をする前にもノーラたちに試食をしてもらって色々と改良を加えていたようだ。

「販売所のことで何か困っていることはない?」

敢えて販売所の経営状況について尋ねないのは、メルシアの報告で売り上げが以前の状態に戻りつつあるのを聞いているからだ。営業についてはノーラやメルシアの方が詳しいし、そちらで俺が力になれることはあまりない。

「困っているといいますか、どうしたらいいものかと悩んでいることがあるのですが……」

「どんなことだい？」

「えっと、厳しい暑さのせいかお客様の中には長時間滞在している方もいるのですが、どうするべきでしょう？」

「ああー……」

ノーラに言われてみると農園カフェに並ぶでもなく端っこで滞在している村人が何人もいた。

現状プルメニア村で冷風機が設置されているのは、俺の家、工房、販売所、農園カフェ、村長宅とかなり限定的だ。作り手が俺しかいないのでどうしても設置される場所は偏りがち。本当は各村人の家に配備するくらいのことはやってあげたいが、冷風機は氷の魔石を使用したりと製作費も高額だ。さすがに俺でもおいそれと作ってあげることはできない。

「無暗に騒いだりするような人はいない？」

「はい。今のところそのような方はいません」

ノーラによると、長時間滞在しているのは主に子供連れの母親と老人が多いようだ。

逆に体力の余っている若者などは一時休憩することはあっても、体力の少ない者たちが長時間滞在できるように長居しないという暗黙のルールがあるらしい。

「節度を守って利用してくれているようだったらいいと思うよ。特に今日のような厳しい暑さだと命に係わるだろうし」

「ありがとうございます」

避難してきた人たちを追い出すのは心苦しいのかノーラもホッとしているようだった。

今のところ村人たちが秩序だって利用してくれているので厳しく口を出すつもりはない。

特に今日のような暑さの厳しい日であれば、大目に見てあげた方がいいだろう。

ノーラとの会話を終えると、俺は販売フロアを抜けて奥のフロアへ。

休憩室に入ると、ネーア、ラグムント、リカルド、ロドスといった農園の従業員たちがぐったりとしていた。

「皆、大丈夫？」

「にゃー」

「ええ、何とか……」

「さすがに暑すぎだぜ」

声をかけると、ネーア、ラグムント、リカルドが口々に答えてくれた。

体力を消耗しているものの倒れた者はいないようで安心した。

「ところでキーガスとティーゼさんは？」

「今日はお休みなんだな」

暑さに対する耐性が強い二人は休暇を貰っているようだ。

灼熱の砂漠に住んでいる二人が、これくらいの暑さで音を上げるわけもないか。

「イサギ様、こちらにいましたか」

皆の様子を見ていると、扉を開けてメルシアが入ってきた。

「ごめん、入れ違いになっちゃったかな？　ちょっとあまりにも暑いから気になっちゃって」

「いえ、お気になさらず。ご存知の通りかと思いますが、本日は暑さが厳しいために作業を中断させていただきました。イサギ様に相談もなく申し訳ありません」

「いや、メルシアの判断は正しいよ。作物も大事だけど、従業員たちの命の方が大事だから」

作物に替えは利いても、人の命に替えは利かないのだ。

「やっぱり、夏の屋外作業はしんどいよね」

「イサギ様に作っていただいた送風機や散水機でしのいでいましたが、今日のように気温が高く日差しがつらいとしんどいものがあります」

夏の農作業を見越して涼を取れる魔道具を開発し、従業員には使ってもらっていたがそれでも辛いようだ。

「夏の間だけ農園の仕事を縮小してみる？」

何せ人間族よりも身体能力と体力に優れた獣人たちでさえ、これだけ大きく消耗しているんだ。従業員の負担が大きいのであれば、真夏の仕事量を減らした方がいいのではないか。

「そうしたい気持ちはありますが、帝国の今後の動向、獣王軍の方が駐留していること、先日の戦の影響を考えると農作物の生産はこのまま維持したいです」

確かに帝国の動き次第でどうなるかわからない以上、作物の生産は減らしたくはない。

いざ戦いが始まった時に食料が足りないので不利です。なんてことになったら悔やんでも悔やみきれない。

「だとすると、夏でもいつも通りに仕事をこなせる環境を作らないとね」

「しかし、送風機や散水機以上に涼の取れる魔道具を作れるでしょうか？」

「その通りなんだよね」

冷気を発生させる魔道具を作ったとしても作物の影響を考えると畑の中では使えない。

「いっそのこと冷風機を背負って作業するというのはどうでしょう？」

「冷風機ってかなり重いよ？」

「休憩を挟めば何とか持ち続けられます」

しれっと休憩室にある冷風機を持ち上げてみせるメルシア。

それ五十キロくらいの重量があるはずなんだけど。

「メルシアは背負えても、あたしたちは無理だよ」

ネーアが従業員を代弁するように言った。

よかった。やっぱり、獣人の全員がメルシアのように力持ちってわけじゃないんだ。

「いっそのこと冷風機が勝手についてきてくれればいいのに」

「それな！　オレたちの身体を冷気が包んでくれれば最高なのによぉ！」

リカルドが適当に呟いた言葉を耳にした瞬間、俺の脳内が弾けた。

「それですよ！　リカルドさん！」

「え？　何がだ？」

「冷気が身体を包んでくれるってやつです！　つまり、農作業中でも冷気をずっと纏っているような状態が続けば暑さは緩和されますよね？」

「そりゃそうだな。いちいち販売所にまで戻って休憩するのも面倒だし、理想を言えば今日のような気温でも普通に働けるのが一番いい。だけど、そんなの無理だろ？」

「日常の中の不便を魔道具でどうにかするのが俺の仕事ですから。何とかしてみます」

それが錬金術師としての俺の役目だからね。

12話　宮廷錬金術師は水冷服を作る１

従業員たちに必要な魔道具の方向性がまとまったので俺は工房に戻って製作に取り掛かることにした。

「メルシアは休んでいてもいいんだよ？」

「いいえ、イサギ様のお手伝いをするのが私の役目ですから」

朝から厳しい暑さに晒されて体力を消耗していたはずだが、彼女は涼しい顔をしている。

どうやら本当に平気らしい。

「農園の方は日中の作業を中止とし、気温の和らいだ夕方頃に作業を再開いたします。なので、私が急いでやるべき業務もありません」

「わかった。手伝ってくれるとありがたいよ。今回作ろうと思っている魔道具は俺だけの知識では心許なかったし」

「どのような魔道具を作るおつもりなのですか？」

「冷気を衣服に閉じ込めたものを作ろうと思ってね」

リカルドが思わず漏らした『冷気を纏う』という言葉から着想を得たのは、服の中に冷気を閉じ込めることだ。

たとえば、衣服。肌と密接する衣服が冷たければ、心地よく気温による体温の上昇を食い止めることができるはずだ。

「なるほど。常に身に纏う衣服であれば魔道具を持ち歩く必要性はなくなり、屋外でも快適に過ごせますね」

「うん。そのために冷感効果のある衣服を作りたいんだ。ただ問題は直接肌に冷気が当たること。しもやけや低温火傷（やけど）になること」

人間の肌は冷気を当て続けるとしもやけを起こしてしまう。

それを防ぐためには直接肌に当たらないようにするなどの処置が必要だ。

冷気を適度に防ぐ素材を使えば、冷気の調整が難しくなる。かといって、一定時間ごとに冷気を止めてしまえば、快適な魔道具とは言えないだろう。

「では、直接肌に触れないように衣服の中に仕込むというのはいかがでしょう？　私もこのようにして目立たぬように暗器を仕込んでおります」

メルシアが自身のスカートの裾をチラリと捲（めく）り上げてくれる。

表側からは何も見えないが、裏にはちょっとしたポケットがあり、そこには針や短剣が収納されていた。

「おお！　たとえがアレだけど、すごくいいアイディアだね！」

たとえば、ベストのようなものにポケットを作り、その中に氷の力の込もった板を仕込むだけで涼しくなるだろう。

「薄手のベストってあるかな?」

「父が持っていたと思うので取ってきます!」

「ありがとう」

メルシアが工房を出て実家まで取りに行ってくれる。

その間に俺は錬金術で氷魔石を加工。さらにマナタイトを板状へ変形させ、氷魔石と融合。

冷気の力をマナタイト製の板に閉じ込めることに成功した。

「イサギ様、持ってきました」

氷板が完成すると、ちょうどメルシアがベストを持ってきてくれた。

「ちょうどポケットがあるね。早速、氷板を入れてみよう」

メルシアからベストを受け取ると、そのままポケットに氷板を入れた。

ベストを羽織ると魔力を流してみる。

すると、ポケットの中にあった氷板が淡く発光し、冷気を放ち始める。

「どうでしょう?」

「冷たくて気持ちいいよ!」

氷板が冷気を発生させてくれるためお腹の辺りがひんやりとして心地いい。

直接肌に当たっているわけではないので冷たすぎず、心地いい冷感を与えてくれていた。

しかし、快適なのは最初だけで問題が発生した。

「なんかベストが濡れてきて気持ち悪い。それにお腹が冷えてきた」

「大丈夫ですか？　温かいお茶です」

「ありがとう」

とりあえず、濡れてしまったベストを脱いで温かいお茶で身体の内側を温める。

「吸水性の悪さと氷板を入れる場所が問題なんだと思う」

「氷板を仕込む箇所はポケットの位置を調整すれば問題ないでしょうが、吸水性の高い素材を用意するのが難しいです」

吸水性の高い素材といえば、海辺の魔物の素材が例に挙げられるのだが、生憎とプルメニア村の周囲には海がないので入手することができない。

「コニアに頼んでワンダフル商会に仕入れてもらおうにも、こっちに届く頃には夏が終わっているだろうね」

獣王国の一部の地域は海に面しているのだが、距離がかなり遠い。

ゴーレム馬を飛ばして買い付ける方法もなくはないが、帝国との関係がどう転ぶかわからない状況で俺たちが村を離れることはできない。

「あと根本的な問題なのですが、冷風機の製作で氷魔石を多く消費しているため氷魔石の備蓄が心許ないです」

「あー、そうだった」

家、工房、販売所、農園カフェ、集会所といった箇所に冷風機を設置している。

当然、毎日使用すれば、魔石を消費するわけで……だとすると、今回作る魔道具には最小限での氷魔石の使用を求められる。

吸水性のある生地の入手、できるだけ氷魔石を使わない運用……思っていたよりもこの魔道具を作るのは難しいのかもしれない。

「「…………」」

互いに問題点を解決しようと思考し、無言の時間が続く。

「ちょっと外を散歩してくるよ」

「外は暑いですが大丈夫ですか？」

「俺には氷魔法があるし、無理はしないようにするから」

「わかりました。いってらっしゃいませ」

魔道具の製作で煮詰まった時は、気分転換に外を歩くに限る。

これは作業に詰まった時の俺の習性であるためにメルシアも理解して送り出してくれた。

冷気の満たされた室内から外に出ると、当然のように暑い。

慌てて回れ右をしたくなるが魔道具のアイディアを捻りだすためなので我慢だ。

中央広場の方に向かってみるも、今日はいつもよりも人気が少ない。

いつもは外で井戸端会議をしているご婦人たちの姿も見えない。

農園カフェが開店しているのでそっちに向かっているのもあるが、あまりの気温の高さに日中の行動を避けているのだろうな。

それでも仕事が押しているのか農作業をしていたり、保存食の製作などをしている村人を見かけるがとても暑そうだ。

子供たちは体力が余っているらしく外で遠慮なく駆け回っているが、さすがにアレは例外だろうな。大人にはとても真似できそうにない。

「あっ！　キーガスだ！」

「牛の兄ちゃん！」

「遊んで遊んで」

「だー！　お前らくっつくな！　鬱陶しいだろうが！」

なんて眺めていると、子供たちがキーガスに絡み始めた。

彼の腕や足に抱きついたり、背中をよじ登って肩車をしてもらったりと好き放題だ。

そんな子供たちにキーガスは文句を言いつつも、丁寧に相手をしてあげている。

「キーガスって、子供たちに人気者なんだね」

「イサギか……いや、こいつらは俺を舐め腐ってるだけだ」

俺が声をかけると、キーガスはやや罰が悪そうな顔になる。嫌な瞬間を見られたといった表情だ。

「集落のガキ共なら拳骨食らわしてるところだぜ」

「あっちだとキーガスはもっとオラオラしてるもんね」

「血の気の多い奴を率いるには、それなりに威厳ってもんが必要なんだよ」

赤牛族の集落でもキーガスに威厳があるかは疑問を浮かべるところだが、そこを突いて怒らせても意味はない。

「今日は休みでしょ？　こんなところで何してるの？」

「ちょいと洗濯をしようと思ってな」

「それにしては洗濯物が多くない？」

キーガスの手にはいくつもの洗濯籠が握られている。

明らかに衣服の数が多いし、中には子供の服らしきものまであるのだが。

「ああ、これは暑さに弱い癖に無理して洗濯しようとする奴がいたからよ。無理矢理ぶんどってきた」

「へえ、優しいんだね」

「余裕のあるうちは助けてやるのが当たり前だろ」

誰にでもと言わず、余裕のあるうちと敢えて発した言葉が、砂漠を生き抜いてきたキーガスの経験や価値観を反映しているように思えた。

「そっちこそ何してんだ？」

「ちょっと作業に行き詰まったから散歩にね」

「そうか。暇ならちょっくら洗濯に付き合えよ」

「いいよ」

あてもなく散歩をするのがいつもなのだが、頭を切り替えるために別の作業をするのもいいだろう。

「キーガス！　出発！」

「こら、人の角を握って操縦しようとするんじゃねえ！」

子供たちの無邪気な声とキーガスの突っ込みの声を耳にしながら俺たちは井戸に向かった。

13話　宮廷錬金術師は水冷服を作る2

「……混んでやがるな」

　大きな井戸がある洗い場にやってくると、そこには俺たち以外にも衣服を洗っている村人たちがいた。

「すまんな。ここはいっぱいだ。ちょっと距離はあるが、あっちにある用水路なら水も綺麗で空いていると思うぞ」

「わかりました。ありがとうございます」

　順番待ちをしていては時間がかかりそうなので、村人のアドバイスに従って用水路へと移動。

　十分ほど歩くと、用水路が見えてきた。

　ここの用水路は普段農業用に使っているのだが洗濯物が多くなりがちなこの季節は、生活用の水路として使用されているらしい。決められた時間しか使えないが、その時間であればいつでも綺麗な水を使えるのだ。

「ここで洗濯するか」

「そうだね」

「おら、お前たちも手伝え」

「えー、めんどくさい」

「あとで遊びに付き合ってやるからよ」

「「わかった！」」

最初は難色を示していた子供たちだが、キーガスが条件を提示すると素直に従った。

集落の長をしているだけあって子供だろうと扱うのが上手い。

桶の中に水を入れると、その中に衣服を入れてじゃぶじゃぶと洗う。

「それにしても水が好きなだけ使えるってのは贅沢なもんだぜ」

「水が貴重なラオス砂漠では、こんな風に洗濯するのも難しいよね。水路が引かれるまではどうしてたの？」

「あんまり綺麗な話じゃねえが、極限まで洗濯はしていなかったな。多少、服が汚くても生きていけるからよ。水が足りねえ時は服を洗濯する水すら惜しんで、ほぼ裸のような格好で過ごしていたりもしたな」

帝国やプルメニア村では考えられない話だが、それはそれで面白い。

それにしても魔道具の方はどうしようか。吸水性のある生地を調達するのは難しく、氷魔石の消耗は抑えないといけない。

そもそも冷気を衣服に閉じ込めるのが間違いだったのだろうか？　いや、魔道具を製作する方向性自体はそこまで間違っていないはずだ。今更コンセプトを変えて、別の案を練り上げるのも時間がかかってしまう。

「おい、イサギ。手が止まってんぞ」

「ああ、ごめんごめん。ちょっと魔道具のことを考えてたよ」

「魔道具？　今度は何作ってやがるんだ？」

俺は自分の脳内を整理するためにも今朝の農園での出来事や、必要としている魔道具についてキーガスに話す。

「こんくらいの暑さでへばるとは軟弱だな」

「誰もが暑さに強いわけじゃないから」

「まあ、そうだな」

キーガスやティーゼは極限地帯に順応できる特別な種族なのであって、誰もがそうなれるわけじゃないからね。

「そんで従業員たちを快適にするためにイサギが魔道具を作ってるわけか」

「うん。屋外作業中でも涼しくいられるようにベストの中に氷板を仕込んでいるんだけどベストが濡れたり、そもそも氷魔石の備蓄が少なかったりと問題があってね」

「俺は錬金術や魔道具について詳しいわけじゃねえけど、それって氷である必要があんのか？　水じゃダメなのか？」

「……ベストの中に水を？」

「それなりに冷たい水がありゃ十分に快適な気はするけどな。あ、でも服に水を入れるなんてそもそも無理な話か」

「それだ！　ベストの中に水を通せばいいんだよ！」

「いや、衣服に水を入れたところで濡れるし、重くなるだけだろ？」

「この用水路のように衣服の中に管を通せばいいんだよ！　そうすれば、最小の重さで水の冷たさを肌で感じることができる！　さらにその水を氷魔石で冷却すればもっと涼しい！　吸水性の高い生地を無理に仕入れる必要もなく、氷魔石の使用も最小限に抑えられる！　これならできる！」

先ほど浮かんでいた問題点のすべてをクリアすることができている。完璧だ。

「ありがとう。キーガスのお陰で新しい魔道具を作ることができるよ！」

「お、おお。よくわからねえが解決したならよかったぜ」

「そういうわけで俺は工房に戻るよ」

「はっ⁉　お前、洗濯くらい付き合っていけよ⁉」

「ごめん。アイディアが逃げないうちに取り掛かりたいから」

キーガスが引き止めてくるが、俺はそれを強引に振り切って工房へと戻るのだった。

「イサギ様？　どうされましたか？」

飛び込むような勢いで工房に戻ってきた俺を見て、メルシアが目を丸くする。

「魔道具の新しいアイディアが思いついたんだ！」

今は説明する時間すらも惜しくもどかしい。

俺のそんな気持ちを察してか、メルシアも疑問を投げかけることはなかった。

まずはプラミノスを錬金術によって軟化させ、パイプ状へと変形させていく。

「メルシア、胸面部分にポケットを作ることってできる？」

「わかりました！」

見守ってくれているメルシアに頼んでベストの構造を少し変えてもらう。

「イサギ様、できました。こんなものでいかがでしょう？」

「ありがとう。いい感じだよ」

長いパイプを作り上げると同時にメルシアがベストの胸面にポケットを作ってくれた。

受け取ると、俺はパイプをベストへと取り付けていく。

取り付けが完了すると、錬金術を使って水筒がすっぽりと入るくらいの背面ポケットを作る。

そこに水を注ぐと、水がパイプへと流れ込んだ。

前面の右ポケットに小さな氷魔石と魔力回路を仕込み、パイプと接続する。

左ポケットにはスイッチを用意し、魔力回路とパイプとの接続を自由にオンオフできるようにする。

「よし、これで水冷服の完成だ！」

「なるほど。ベストの中を冷気で冷やすのではなく、水を循環させるのですね」

「そういうこと。これなら水濡れやしもやけの心配もないし、氷魔石の消費も最小限に抑えられるはずさ」

同じものをもう一つ作ってみると、俺とメルシアは完成した水冷服を羽織ってみる。

それから右ポケットにあるスイッチを押した。

すると、魔力回路が起動し、パイプ内に流れている水を静かに冷却し始めた。

「あっ、ひんやりとしてきました！」

「冷たくて気持ちがいいね」

ベストの内側についているパイプを冷たい水が循環している。

ベストの全面にパイプを巡らせているので温度のムラもなかった。

冷気を直接当てているわけでもなく、パイプを通して冷たい水を循環させているだけなのでしもやけや低温火傷になる心配もない。

冷風機のような冷たい風が苦手という人でも使えるだろう。

「イサギ様、これなら屋外でも快適に作業ができそうです！」

「うん。早速、従業員の皆に使ってもらおう」

従業員の人数分の水冷服を完成させた俺たちは、販売所にある休憩室に向かうことにした。

「あれ？　もう出勤してるの？」

休憩室にやってくると、ネーア、ラグムント、リカルド、ロドスといった従業員が勢ぞろいしていた。

まだ夕方の作業時間に差し掛かっていないので待機することになると思ったのだが……。

「ここには冷風機があるから」

「ここの方が広くて快適です」

「家にいると仕事とか手伝わされるからよ」

「戻るのも面倒なんだな」

家に帰っても冷風機がない以上、快適な休憩室を滞在場所に選ぶのも無理はないか。

「イサギさんこそどうしたの？　まだ仕事には早いはずだけど……」

「皆さんが屋外でも涼しさを得られる魔道具を作ってきました！」

「ええ！　もうできたの？」

「作ると言ってからまだ半日も経っていないぜ？」

ネーアとリカルドが驚きの声をあげる中、メルシアが誇らしそうに胸を張る。

「イサギ様ですから」

「「なるほど」」

その理由で納得されるのはよくわからないんだけど、腕を信頼されているってことでいいんだろうか。

「もしかして、涼しくなる魔道具というのはお二人が羽織っているベストでしょうか？」

「そう！　名付けて水冷服！　皆にも効果を試してほしいからちょっと悪いけど外で羽織ってくれる？」

「は、はい」

俺は従業員たちを休憩所の外に連れ出すと、ラグムントの後ろに回って、水冷服を羽織らせてあげる。

既にパイプに水を通してあるので右ポケットにあるスイッチを押してもらえば起動だ。

「お、おお！」

「どうなんだ!?」

「上半身が冷たくて気持ちがいい！」

「マジか！　オレも羽織るぜ」

「あたしも」

「おいらもなんだな」

最初は怪訝（けげん）な顔を浮かべていたラグムントであるが、パイプ内の水が冷却されると反応が劇的なものに変わった。その反応を見て、リカルド、ネーア、ロドスがいそいそと水冷服を羽織り始める。

「わー！　本当だ！　上半身が冷たくて気持ちいい！」

「ははっ！　こりゃ快適だぜ！」

「これなら日中の作業もできそうなんだな」

同じように胸ポケットのスイッチを押すと、三人の水冷服も正常に稼働してくれたようだ。

「イサギさん、これはどういう仕組みなの？」

「ベストにパイプが取り付けられていてそこを水が循環しているんだ。背面ポケットには氷魔石が入っていてパイプ内の水を冷却しているって感じだよ」

「へー、冷気じゃなくて水なのか！」

「最初は何とかして冷気を纏わせようと思っていたんだけど、作り上げるには色々と問題も多かったから」

「冷気だろうと水だろうと涼しければどっちでもいいぜ！」

リカルドの言葉から着想を得ながら、作り上げたのはちょっと違う魔道具であるが喜んでもらえてよかった。

「さて、イサギ様が作ってくださった魔道具のお陰で日中でも作業ができるとわかったことですし、仕事を再開することにいたしましょう」

「「えー！」」

ポンと手を叩きながらのメルシアの言葉に主にネーアとリカルドから悲鳴のような声があがった。

「なんて冗談です。あと一時間後には再開するので、そのつもりでいてください」

ふっとメルシアが微笑むと、ネーアがホッとしたように息を吐く。

「もー、メルシアの冗談はわかりにくいよ」

「私としては水冷服があるのであれば、今からでも再開してもいいのですが」

「こら、ラグムント！　余計なこと言うんじゃねえ！」

生真面目なラグムントの言葉にリカルドが突っ込み、俺たちはくすくすと笑った。

皆が元気になれるような魔道具を作ることができてよかった。

14話　宮廷錬金術師は第一王女に頼まれる

「へー、これが水冷服っていうやつか」

「上半身がひんやりとしていて気持ちがいいですね」

翌日。俺は休暇を終えて出勤してもらったキーガスとティーゼにも水冷服を羽織ってもらっていた。

「俺は冷風機みてえな冷たい風は苦手なんだが、こういう冷たさは好きだぜ。それに重さもほとんど感じねえから動きやすい」

「キーガスの場合は普段着とそれほど変わらないもんね」

「まあな」

特にキーガスを意識したわけではないが、ベストという誰でも気軽に羽織れる形にしたので使い心地はいいはずだ。

「ティーゼさん、サイズに問題はありませんか？」

「ええ、問題ありません。空を飛ぶことにも支障はなさそうです」

メルシアが尋ねると、ティーゼが軽く翼をはばたかせて宙に浮かんでみせる。

作業服を作る際に従業員の採寸をし、それを元にサイズを調整している。

キーガスとティーゼの身体に水冷服は無事にフィットしているようだ。

「しかし、このような魔道具まで貸与していただけるとは……」

「従業員が快適に働けるようにするのが俺の務めなので」

帝国で粗雑な扱いを受けていたからこそ、俺にはそれがどれだけ辛いことかがわかる。

俺の農園を手伝ってくれている従業員たちをあんな目に遭わせたくない。

「イサギさんのもとで働ける人は幸せですね」

「褒めても何もでませんよ？」

「残念です」

「では、お二人とも作業の方をよろしくお願いします。水冷服について少しでも違和感があれば、私かイサギ様に報告してください」

「わかったぜ」

キーガスとティーゼを農園に送り出す。

昨日に比べれば、今日の暑さは少しマシだが、それでも日中の気温は厳しい。

水冷服があれば、体温の上昇や体力の消耗は防げるとはいえ、従業員たちに無理はしてほしくないものだ。

「さて、今日は自分用の水冷服を作ろうかな」

汎用性を高めるためにベスト形態にしたが、別にベストでなければいけないわけではない。

普段着である宮廷錬金術師のローブの一つに改良を加えてもいい。

「あの、イサギ様、できればメイド服にも取り付けられるようにお願いします」

「メイド服にも？」

「水冷服はとても素晴らしいのですが、メイド服の上から重ねて羽織ると少し見た目が……」

改めてメルシアの服装を確認してみる。

メイド服の上に黒のベストを重ねて羽織るスタイルは確かに少し変だ。

夏の間はメイド服を着ないようにするという選択肢はないのだろうか？　いや、賢いメルシアがそんなことを理解していないはずがない。彼女はメイド服を纏うことにポリシーを感じているようなのでそれを無下にするのも可哀想か。

「……わかった。メイド服をそのまま水冷服にできるように試してみるよ」

「ありがとうございます」

水冷服よりかは冷却効果が落ちるかもしれないが、見た目を大きく改善しながら内側に仕込むことはできる気がする。

昨日、従業員から貰ったデータをもとに改良作業に取り掛かるとしよう。

「やっほー！」

工房に戻ろうとすると、聞き覚えのある声と共に俺の背中を衝撃が襲った。

「わっ、レギナ！」

「久しぶりね、イサギ！　元気にしてた⁉」

「レギナほどじゃないけど元気にやってるよ」

「そう！　それはよかったわ！」

俺の背中にのしかかってご機嫌そうに笑うレギナ。

ショートジャケットにタンクトップ、ホットパンツといった露出の多い服装ということもあって、彼女の柔らかな部分が色々と当たっている。

親しい仲とはいえ、さすがにちょっと気まずい。

それに隣にいるメルシアの冷ややかな視線が突き刺さるのが怖い。

寒気がするのはきっと水冷服のせいではないだろう。

「あの、レギナ様は第一王女なのですから異性に抱きつくといった行為は控えた方がよろしいかと」

見かねたメルシアが窘める。

「何ー？　もしかして、メルシア嫉妬してる？」

一方、レギナは戦後処理で忙しくしており、俺たちの関係の変化を知らないようだ。

「恋人であるイサギ様が私以外の異性に抱きつかれているのです。嫉妬しないわけがありません」

「そうよね。だってイサギはメルシアの恋人――って、えええええええ⁉　二人ともそういう仲になったの⁉」

　よっぽど強い衝撃だったのだろう。俺の耳元でレギナの大声が響いた。

「え、ええ。まあ、少し前に」

「おめでとう！　鈍感なイサギを相手によく進展させられたわね！」

　照れくさそうにするメルシアの言葉を聞き、俺の背中から慌てて降りたレギナが指をさしてくる。

「鈍感って何だよ」

「あんなにメルシアからの献身を受けて何も恋心に気付かない人は鈍感という誹りを甘んじて受けるべきじゃない？」

「ええっ⁉　レギナは気付いていたの？」

「当たり前よ。大体、好きでもない人を故郷になんて呼ぶわけがないじゃない。ましてや、メルシアは宮仕えをやめてまで付いてきてくれているのよ？」

　思わずメルシアに視線を向けると、彼女は顔を赤くしてうつむいていた。

　まさか、そんな帝国にいた時からそういう感情を向けられていたなんて思いもしなかった。

　って、こんな風にまったく気付いていないから鈍感って言われるのか。納得だ。

「あたしとしてはそういう仲になった経緯を詳しく知りたいわね。どっちから告白したのかしら？」

ニヤニヤと笑みを浮かべながらレギナがメルシアに迫っていく。

このままだと根掘り葉掘り聞かれることになってしまう。

日中からこんな人目の多いところで晒されたくはない。

「そんなことより、レギナはここにいて大丈夫なの？」

「露骨に話を逸らしたわね。まあ、いいわ。詳しい話についてはお酒でも飲みながらじっくり聞くことにするから」

ひとまず退いてくれたようだが完全に逃れることはできないらしい。

「とりあえず、砦の取りまとめと戦後処理は落ち着いたわ」

俺が錬金術で建造した砦は、そのまま獣王軍が再利用することで帝国への牽制となっている。

レギナは駐留することになった獣王軍たちを指揮し、急務である戦後処理を行っていた。

「特にしんどかったのは遺体の処理ね」

人間の遺体をそのまま放置しておけばアンデッド化する恐れだけでなく、病や感染症を引き起こす原因となる。そのため速やかに処理をする必要があった。

帝国の犠牲者の数が数だったので処理に中々の時間がかかってしまったらしい。そのせいで砦の修繕やライオネルが派手に壊した城壁の片付けなどは進んでいないようだ。

「ひとまず、お疲れ様」

「ありがとう。二人が着ているそのベストは何かしら？　キーガスとティーゼも着ていたみたいだけど……」

「ああ、これは水冷服だよ」

「水冷服？」

小首を傾げるレギナに俺は水冷服の説明をする。

「すごく便利じゃない！　ちょっと羽織ってみてもいい？」

「いいよ」

俺は自分の着ている水冷服を脱いで、レギナへと渡した。

「はぁー、冷たくて気持ちがいいわね」

水冷服を羽織ったレギナが恍惚（こうこつ）とした表情を浮かべる。

「でしょ？」

「これがあるだけで屋外での作業も大分楽になるわね」

「ええ。従業員たちも水冷服があるお陰でそこまで体力を消耗していない模様です」

既に早朝出勤の者は三時間ほど働いているようだが、体力を消耗している様子はない。

今日も日差しは厳しいものの水冷服によって体温の上昇が抑えられているのだろう。

「この冷たさはどのくらいの保つのかしら？」

「小さな氷魔石で八時間ほどだね。氷魔石がなくても氷を投入すれば、二時間ほど冷たさが持続するよ」

冷凍庫で作り上げた氷や魔法で作り上げた氷を背面ポケットに入れてみたところ、二時間ほどの冷却効果を確認できた。さすがに魔石のように長時間稼働はできないが、氷魔石がなくても稼働できることがわかった。

そんな実験データを伝えると、レギナが勢いよく俺の両肩を掴んで言った。

「獣王軍でも是非採用したいわ！　イサギ、水冷服を作ってくれない？」

「ええ？　獣王軍に？」

「獣王軍を取りまとめる立場として大っぴらに言うべきことじゃないけど、プルメニア村の気候に参っている戦士もいるのよね」

「ああ、ここは山に囲まれているせいで蒸し暑いからね」

俺もプルメニア村の夏を体験して驚いたものだ。まさか、ここまでの暑さとは。

蒸し暑いっていうのは、カラッとした暑さとは別の辛さがある。

「特に種族的に暑さが苦手な戦士なんかは屋外での作業がほとんどできないのよ。だから、この暑さの中、戦士たちが快適に過ごせるように水冷服が欲しいわ」

「なるほど」

どうして獣王軍が水冷服を必要としているかは理解できた。

あの辺りは渓谷地帯で日光を遮るものも少ないからね。ここよりも暑さが厳しいのだろう。

農園の方も落ち着きを見せてきたし、プルメニア村のために駐留してくれている獣王軍たちの力になってあげたい。

「作るのは構わないけど、氷魔石の素材が足りないんだ」

「素材なら用意させるし、イサギにも報酬は支払うわ。父さんから予算は十分に貰っていることだし」

戦士たちに配備する魔道具だけあって国の予算を使えるようだ。

水冷服を作るための素材を用意してくれるのであれば、心配することはない。

「具体的にどれくらいの数が欲しいのでしょう？」

「三百着ほど欲しいわね！」

「ちょっと多いんじゃないかな？　ほら、種族によっては体格に違いもあって採寸もあるから」

短期間でそこまでの数を用意できるかわからないし、いきなりの大量生産はトラブルがあった時が怖い。従業員に試しに羽織ってもらうのと、国軍に羽織ってもらうのとでは重みが違うからね。

「それもそうね。なら、半分の百五十にしておくわ」

「それでも多い気がするよ。はじめは五十着くらいにしない？」

「ダメよ。これ以上減らしたら戦士たちの間で奪い合いが起きかねないわ」

などと提案してみると、レギナは胸の前で×印を作って首を横に振った。

それほど獣王軍による暑さの被害は深刻のようだ。

「わかった。とりあえず、百五十着ほど作るよ」

「決まりね！　じゃあ、早速砦に採寸に行くわよ！」

「今から⁉」

「ええ、採寸が必要なんでしょ？　それに水冷服の他にもイサギには頼みたいことがあったし！」

王女であるレギナの頼みとあっては無下にすることはできない。

レギナのこの強引さがちょっとだけ懐かしく思えた。

15話　宮廷錬金術師は砦で採寸をする

ゴーレム馬を使ってプルメニア村から西へ駆けること数時間。

俺たちはレディア渓谷にある砦へとやってきた。

目の前には深い渓谷と荒涼とした大地が広がっている。

「ここって人がいないとこんなにも殺風景なんだ」

「私たちが籠城していた頃は視界を埋め尽くすほどの大群がいたものね」

籠城していた時の印象が強いので殺風景な景色を見ると、逆に違和感を抱いてしまうほど。

帝国が撤退したあとは大量の遺体や鎧、帝国旗などが散在していたが、綺麗になくなっている。

ところどころ焼却した跡や埋め直したような跡があるので、獣王軍が再利用できるものは回収し、それ以外のものは綺麗に処理してくれたのだろうな。

「あれ？　レギナ様、村の方でゆっくりとされるんじゃなかったのですか？」

砦の傍にやってくると、見張りの戦士たちがレギナを見て不思議そうにする。

「イサギが暑さを緩和してくれる便利な魔道具を開発してくれたから、うちの戦士たちにも作ってもらおうと思ってね」

「それは最高ですね。こちとら見張りに立っているだけで倒れそうなんで」

砦の前に立っている獣人の額には大量の汗が流れている。

この辺りは日差しを遮る木々もないので村の方よりも暑さが厳しそうだ。

掘にかけられた橋を渡ると、懐かしき砦へとたどり着いた。

「あはは、城壁は壊れたままだね」

「父さんのせいで片付けが大変なのよ」

四方を帝国兵に囲まれて危機を迎えたところで獣王であるライオネルが駆けつけてくれた。

ライオネルの活躍はまさに一騎当千のものであり、その拳を振るうだけで帝国兵が紙のような勢いで飛んでいくほど。しかし、その攻撃の余波は施設にまで波及し、半壊状態であった城壁を派手に壊してしまったのである。

その後片付けが非常に大変らしく、復旧作業を見ているレギナは頭が痛そうだ。

「他に頼みたいことっていうのは砦の修繕作業のことかな?」

「ええ。戦士たちだけじゃ中々終わらなくて。ちゃんとお礼はするからお願いできないかしら?」

「いいよ。砦の修繕は俺たちにとっても重要なことだし」

「ありがとう。すごく助かるわ」

帝国への備えである砦がこのような現状であるというのは、さすがに見過ごせないしね。

しっかりと牽制できるように整えておかないと。

「で、水冷服の採寸なんだけどどうする？」

砦に駐留している獣人たちの数は百五十人を軽々と超えている。

水冷服を支給する者を厳選する必要があるだろう。

「優先して支給させるのは暑さに弱い種族の戦士ね」

あとは水冷服を共有できるように体格などが比較的に均一な種族や、屋外作業の多い工兵などに優先して作るらしい。とても合理的でわかりやすい。

「ニャンパス！　ちょうどいいところにいたわ！」

「おや、レギナ様。どうされましたかニャ？」

廊下を歩いていると、俺たちの前をニャンパスが横切った。

「暑さで動けなくなっている戦士たちを中庭に集めてくれる？」

「かしこまりましたニャ！　ちなみにケットシーは基本的に体格が同じなので是非とも採寸に混ぜてもらいたいものですニャ」

「うーん。でも、ケットシーは魔法が使えるし、他の種族に比べると暑さには強くなかったかしら？」

「帝国がいつ動き出すかわからない中、魔力を温存しておくのが賢明でしょう。しかし、そうですか。私たちのところに配備されないとなると、うっかりと口が滑る可能性が……」

「あー！　もう、わかったわ！　ケットシーにも配備するから代表としてニャンパスが来てちょうだい。あと他にも屋外作業を担当している戦士にも声をかけて」

「はいニャ！」

レギナの指示を聞くと、ニャンパスは満足そうに頷いて歩き去っていく。

「私たちの会話を聞いていたようですね」

「あたしが子供の頃は父さんの補佐をしていたこともあるから。抜け目がないのよ」

レギナの剣術指南をしていただけでなく、ライオネルの補佐までしていたのか。

本当に何者なんだ。

指示を受けるだけでなく、しれっと自分の要望を織り交ぜる辺りが賢い。

どうも俺はそういった立ち回りが苦手なので素直に尊敬する。

「さて、戦士たちはニャンパスが集めてくれるでしょうから、あたしたちは先に中庭で待っていましょう」

「そうだね」

戦士たちを集める手間が省けたので俺たちは先に中庭へと向かうことにする。

砦の中庭には農園が作られており、その周囲には芝の生えている広々としたスペースがある。

屋根はないものの屋根代わりとして木々を植えているので厳しい日差しは遮られていた。

「お連れしましたニャ！」

採寸道具を取り出してメルシアと共に準備を進めていると、ニャンパスがぞろぞろと獣人たちを連れて中庭にやってきた。

主に集まってきたのは犬族、兎族、牛族、鼠族といった種族の獣人たち。

体格こそがっちりとしているものの暑さに参っているのか足取りが気怠そうだ。

「レギナ様、俺たちはここで何をするんで？」

「イサギがこの暑さを緩和する魔道具を作ってくれたわ。口で説明するよりも実際に試してもらった方がよさそうね。ゼペス、こっちに来てくれる？」

レギナが呼びつけたのは前列にいる犬族の獣人だった。

背丈が人間族と変わらないような標準体型なので俺が作ったサンプルを試着することができるだろう。

「これを羽織って右ポケットのスイッチを押してください」

「は、はい」

ゼペスにマジックバッグから取り出した水冷服を羽織らせ、自身の手で胸ポケットのスイッチを押してもらう。

「特に何もないんですけど、これのどこが暑さを緩和す――うん!?」

怪訝な表情を浮かべていたゼペスだが、水冷服の効果を実感できたのか目を大きく見開く。

「どうしました？」

「なんか上半身がひんやりとして涼しい！　まるで水の中にいるみたいだ！」

ゼペスは興奮したように中庭を跳ね回る。先ほどの気怠い様子が嘘のようだ。

「うはは！　すげえ！　これなら日中でも仕事ができるぜ！」

「マジか。そんなにも涼しいのか？」

「ただの黒いベストにしか見えねえぞ？」

元気になったゼペスを見て、戦士たちが目の色を変えた。

暑さが苦手な種族にとって、それを緩和できることはとても重要なようだ。

「こちらの水冷服には水の入ったパイプが取り付けられており、背面に仕込んだ氷魔石がパイプの水を冷却することで涼しさを得られる仕組みです」

「服の中で水を循環させるとは、イサギさんは面白い仕組みを考えますニャ」

「色々な人の協力があって出来上がりました」

水冷服が出来上がったのは自分の力だけじゃない。

リカルドの何気ない呟き、冷静に問題点を指摘してくれたメルシア、悩んでいた俺を洗濯に誘ってくれたキーガス。色んな人の協力があってこそのものだ。

「あたしの判断で獣王軍にもこれを配備することにしたわ！　水冷服を作ってもらうためにここにいるイサギとメルシアから採寸を受けてちょうだい！」

「おおおおお！　さすがはレギナ様だぜ！」

「一生付いていきます、姉御！」

レギナの言葉を聞いて、戦士たちから喜びの声があがった。

熱狂的なファンがいるようだがそれは無視しよう。

16話　宮廷錬金術師は数値を知っている

「男性の方はイサギ様の方へ。女性の方は私の方へお願いします」

メルシアの声に反応して、戦士たちが分かれて並び出す。

戦士の中にはもちろん女性もいる。一緒になって採寸するのは風紀的によろしくないからね。

男性はそのまま中庭に残り、女性はメルシアやレギナが別室へ連れていくことになった。

「そんじゃ、採寸を頼むぜ！　イサギさん！」

「任せてください」

「服は脱いだ方がいいよな？」

「いや、脱がなくて結構です」

って、脱がなくていいって言ってるのに脱いじゃってるよ。

軍人だけあって戦士たちの身体はとても鍛えられている。ニャンパスなどを除く、一部の種族以外は全員筋肉が発達しており、小麦色に肌が焼けている。

この光景を見ているだけで体感温度が五度ほど増したように感じた。

まあ、採寸をするのに服の有無は関係ないし、服を着せるのも面倒なのでこのままにしておこう。

「イサギさん、お手伝いしましょうかニャ？」

採寸をしようとすると、ニャンパスが列から出て近づいてくる。

「ありがとうございます。では、ニャンパスさんにはデータの記入をお願いします」

「採寸はいいのですニャ？」

「はい。これも錬金術を応用すれば、すぐなので」

ニャンパスが小首を傾げる中、俺は先頭にいる牛族の獣人の肩へ触れて魔力を流した。

「身長百八十二、体重九十五、胸囲百十一、ウエスト百六……」

「ニャ⁉　ニャ⁉　どうして触れただけでわかるニャ？」

「錬金術を応用してその人の身体の成分や質量を読み取っているんですよ」

錬金術師は物質の構成を読み取ることができる。人間や獣人もそれの例外ではない。

さらに魔力を流してより深く探れば、その人の身体にどのような割合で筋肉があり脂肪があるかも把握できる。その人の体格を測るなど造作もないことだ。

「へー、錬金術ってそんなこともできるのか……」

「そういうわけであなたの測定は終わりです。次の方、お願いします」

「お、おお」

一瞬で終わった採寸に牛族の獣人は驚きつつも、次の獣人が名乗りを上げて前に出てくる。

俺は戦士に触れて魔力を流し、その人の体型を数値化して述べる。それをニャンパスがしっかりと記録するだけの簡単な作業だ。

百二十人ほどいた戦士たちの採寸はあっという間に終わった。

「イサギ、こっちの採寸が終わったから手伝いを――あれ？　採寸は？」

すると、女性側の採寸も終わったのかレギナとメルシアが戻ってくる。

「終わったよ」

「え？　こんな短時間で？」

「錬金術を応用すれば、触れるだけでその人の数値がわかるからね」

「「えっ？」」

なんて説明すると、レギナとメルシアが揃ってギョッとしたような声を漏らした。

「どうかしたの？」

「触れればわかるってことは、イサギはあたしたちの数値も把握してるの？」

「そうだよ」

「どこに書いてるの？」

「こっちの書類に――って、ああ！」

「回収しました！　レギナ様！」

「でかしたわ、メルシア！」

レギナに証拠を見せようとすると、なんとメルシアが強引に書類を奪い取ったではないか。

「ああっ！　ちょっと！　それはレギナやメルシアの分の水冷服や魔道具を作るために必要なデータなんだけど！」

「それとこれとは別です。これは私が厳重に保管しておきます」

「いくら魔道具のためでも勝手に乙女の秘密情報を抜き取るなんて絶対ダメなんだから！」

その後、俺はなぜか二人から説教されることになった。

俺は二人のためを思ってデータを取っていただけなのに。

●

水冷服のための採寸が終わると、俺は城壁を作るために外にやってきた。

俺はレピテーションを発動させると、周囲に散らばっている瓦礫（がれき）を遠くへと運ぶ。

「おおおおお！　魔法を使うとこんなにもすぐなのか！」

「俺たちの作業の一週間分が一瞬で」

ひとりでに瓦礫が移動していく様を見て、獣王軍の戦士たちが驚きの声をあげた。

いくら屈強な獣人とはいえ、魔法なしでこれをするにはかなりの重労働だろうな。

邪魔な瓦礫がすべてなくなると、ようやく城壁を作るための準備が整った。

「じゃあ、城壁を作りますね」

「お願い！」

俺は地面に手をつけると錬金術を発動。

魔力で地面を隆起させ、二十メートルほどの高さの土壁を作り上げた。

「うおおおおおおおおお」

瓦礫の撤去よりもさらに派手な事象を起こしたからか、戦士たちから興奮の声があがる。

「錬金術で作ったっていうのはわかっていたけど、一瞬で城壁が出来上がる様は圧巻ね」

「魔鉱石を織り交ぜているから魔法防御の方もそれなりに高くなっているよ。まあ、マナタイトほどではないのが申し訳ないけど……」

「これほどの城壁を作ってもらったもの。文句なんてないわ」

再構築した城壁にマナタイトは含まれていない。マナタイトはプルメニア村の鉱山で産出しないために仕入れることができていないのだ。

獣王家がため込んでいた分を先日の戦いで使い切ってしまったので、俺の手元にはほとんどない状況。コニアが国内だけでなく、外国からも仕入れてくれているとのことだが、まとまった量を用意するにはもう少し時間がかかるようだ。

「他にも困っていることがあれば手伝おうか？」

「イサギ様、魔力の方は大丈夫なのですか？」

「大丈夫だよ。まだまだ魔力は残っているし」

「これだけのものを作ってまだ魔力が？」

メルシアがやや心配げな表情を浮かべる。

前回城壁を作った時はかなり疲弊したんだけど、今回はそこまで疲弊した様子はない。

マナタイトを混ぜ込んでいないとはいえ、魔鉱石を混ぜ込んでいるために魔力消費に極端な差があるわけでもない。それなのに魔力の余力がある。

「戦争で魔力を限界まで使い込んだせいかな？　魔力の総量が上がったような気がするんだ」

「ただでさえ多かった魔力がさらに増えるだなんてイサギはすごいわね……」

「さすがはイサギ様です」

レギナとメルシアからの畏敬の念が面映ゆい。

まあ、それだけ前回の戦いが激しかったということだろう。

通常はそこまで魔力総量が上がるってことはないみたいだし。

「そうね。じゃあ、戦闘用ゴーレムを作ってくれないかしら？」

「武装用じゃなくて？」

「ええ、それよりもグレードの下げたものでお願い。今後を見据えて、戦士たちにゴーレムとの戦闘経験を積ませておきたいのよね」

今後というのは主に帝国のことだろう。

錬金術師を多く抱えている帝国は、兵士だけでなくゴーレムを運用してくる。

ゴーレムとぶつかり合った時の対処をスムーズにしたいのだろう。

ゴーレムとの戦闘は、人間や魔物を相手にした戦闘とはまた違った経験が必要だからね。

「砦の修繕はいいのかい？」

「瓦礫の撤去と城壁作りはイサギがやってくれたことだし、あとは自分たちでできるから平気よ」

砦の内部には被害はないし、外観に関しても十分に兵士だけで修繕ができるレベルのようだ。

だったらより獣王軍の力になるためのお手伝いをした方がいいだろう。

「わかった。それじゃあ、今から作るよ」

俺は錬金術を発動して戦闘用ゴーレムの作成に取り掛かる。

石で構成されたストーンゴーレム、鉄で構成されたアイアンゴーレム、水晶で構成されたクリスタルゴーレムといった三種類の素体を作り上げる。

あとは魔石を埋め込んだら完成だ。

「これでいつでも動けるよ」

「ありがとう」

礼を言うと、メルシアは砦の方に声をかけて戦士たちを集めてくる。

「というわけで、第一班から順番にゴーレムと戦ってもらうわ！」

どうやら第一班から七班までを集めたらしく、順番にゴーレムとの模擬戦を行う形式のようだ。

「レギナ様、こっちは五人もいるんですけど大丈夫なんですか？」

「あんな人形たち、あっという間に瓦礫にしちゃいますよ？」

「イサギ様、あの痴れ者どもの相手は私がしてもいいでしょうか？」

戦士たちの挑発的な言葉を耳にして、メルシアが額に青筋を立てた。

「いや、ダメだよ。あくまでこれはゴーレムとの模擬戦だから」

「イサギ様のゴーレムをバカにするなんて許せません」

俺の代わりに怒ってくれるのは嬉しいが、喧嘩をしたくてやってきているわけじゃない。

「レギナ、彼らってゴーレムとの戦闘経験は？」

「ないわ」

「でしょうね。ゴーレムとの戦闘経験がある者であれば、あのような舐めた態度をするはずがありません」

レギナの返事を聞いて、メルシアが憮然とした表情を浮かべる。

戦争で使った軍事魔道具フル装備の武装用ではなく、戦闘用くらいと言っていたレギナの意図がわかった。武装用だと多分訓練にもならない。

「遠慮なくやってくれていいから」

「わかったよ」

自分の作り出したゴーレムを石人形と言われるのは面白いものじゃない。

ゴーレムを舐めている彼らにお灸を据えてあげるとしよう。

「では、こちらはストーンゴーレムでいきますね」

「ああ？　三体同時じゃねえのか？」

どうやら一班の戦士たちは三体を同時に相手どるつもりだったらしい。

「そんなことをすれば、レギナ様のお手を煩わせることになりますよ？」

「言ってくれるじゃねえか！　錬金術師様の作る人形がどんなものか教えてもらおうじゃねえか！」

言外にここにいる三十五人を総動員しても勝てないと告げると、戦士は表情を引きつらせて怒気を露わにした。

迫力のある戦士たちに凄まれると怖いのだが、ゴーレムの恐ろしさを伝えるのも俺の役目だ。涼しい顔をして受け流す。

「では、はじめ！」

レギナから合図の声があがると、五人の戦士たちが地を這うように滑り出す。

その速度は中々の速さ。

強靭な筋肉を持っている獣人族だからこそ引き出せるスピードであろう。

彼我の距離が縮まったところで戦士たちは散開すると、ゴーレムを取り囲むような位置取りをして、一斉に斬り込んでくる。

並の魔物や人間であれば、その速度についていくことができず、息の合った同時攻撃に対処することもできないだろう。

だが、今回相手にしているのはゴーレムだけにそれは悪手だ。

俺はゴーレムを操作することなく、敢えて一撃をその身で受けさせることにした。

頭、腕、足といった部分に剣が叩きつけられ、結果として戦士たちの得物が折れた。

「「はっ？」」

自らの得物が呆気なく折れてしまった事実に戦士たちは呆然としているようだ。

「ただその辺の石をかき集めて作ったわけじゃないんですよ？」

得物を失ったことに動揺している隙に俺はゴーレムを操作して、腕を薙ぎ払う。

それだけで五人が吹き飛ばされて戦闘不能になってしまう。

ただ石を変形させて作ったゴーレムではない。錬金術師の魔力によって変質し、硬度を極限まで高めている戦闘用ゴーレムだ。生半可な攻撃ではピクリともしないのは当然のこと、質量を高めているので攻撃性も高い。

身体能力の高い獣人とはいえ、まともに一撃を食らうと戦闘不能だ。

救護班と思われる戦士たちが吹き飛ばされた五人を運び出す。

「手加減はしているので致命傷にはならないでしょう。もし、何かあればポーションを支給しますので」

幸いにしてポーションは潤沢にある。

多少の骨折程度であれば、いとも容易く治癒させることができる。

「おい、一班の奴らがやられたぞ？」

「嘘だろ？」

第一班の戦士たちがやられたことが信じられないのか、戦士たちが目を剥いている。

「ふふん、当然の結果です」

一方、メルシアは胸を張って満足げな表情を浮かべていた。

「あなたたち、今のでゴーレムがどれほど脅威的か理解したわよね？」

「は、はい！」

次に舐めた態度をとれば許さない、といったレギナの圧力に戦士たち全員が首を縦に振った。

「次、二班！」

「よろしくお願いします！」

戦士たちから侮りが消えていた。

油断なく剣を構え、ゴーレムを観察している。

特にレギナから合図が発せられることもなく、戦士たちは剣を手にして突撃してくる。

第一班と違って全員で同時に突っ込んでくることはない。こちらの様子を窺いながら慎重に距離を詰めてくる。

俺はゴーレムを動かして迎撃。手前にいた戦士を薙ぎ払うものの素早いステップで回避され、すれ違い様に一撃を入れられる。

「かってぇっ！」

「分厚い装甲を狙っても無駄だ。装甲の薄い関節を狙え！」

班長と思われる獣人が指示を出し、残りの四人が装甲の薄い関節を狙ってくる。

さすがに前の班の戦いを見て学習しているようだ。

しかし、相手が狙ってくるところが関節だとわかっていれば、こちらも対処はしやすい。

明らかに膝裏を狙いにきている戦士がいたので力強く地面を踏みつける。

攻撃のタイミングを崩されたことによって、大きく体勢を崩してしまった戦士を指で弾く。

それだけで戦士の一人が戦線離脱となる。

体勢を立て直そうと戦士たちが後退しようとしたのでゴーレムを操作して前へ詰める。

「は、速っ！」

三メートル以上もある体躯をしているので通常の人間よりも詰める速度は速い。戦士たちは苦し紛れに剣を振るうが、生半可な攻撃ではまるで通らずに圧倒的な質量によって三人が弾き飛ばされる。

残っているのは指示を出していた班長一人。彼目掛けてゴーレムの腕を伸ばす。

狙われていることを察知して戦士が大きく距離を取る。

長大な腕ということを考慮しても捕らえることはできないのだが、俺のゴーレムは戦士を捕らえることに成功した。

「なっ⁉」

「もちろん、ゴーレムは人間じゃないので俺たちが予測する以上の動きは当然してきます」

届くはずのない距離に届いたのは、錬金術でゴーレムの腕を瞬時に作り替えたからだ。

戦闘時にこの程度の変形はゴーレムを操る錬金術師にとって容易いものだった。

「それと同時にゴーレムを相手にして掴まれたら終わりです。捕まったが最後、圧倒的な質量によって握りつぶされてしまうので」

「こ、降参！　降参だ！」

解説と共に軽く腕に力を入れると危機を感じたらしい二班の班長が降参の声をあげた。

●

第七班までの模擬戦を終えると、周囲には息も絶え絶えといった様子で戦士たちが転がっていた。

体力が無尽蔵なゴーレムを相手に半日も戦わされていたのだ。ただでさえ暑さの厳しい中、慣れないゴーレムを相手にしたんだ。戦士たちが疲れ果ててるのも無理はない。

「あなたたち大口を叩いていたけどゴーレムの一体も倒せていないじゃない。獣王軍ともあろうものが情けないわよ」

そんな戦士たちに厳しい言葉をかけるのが指導役を務めるレギナの役目なのだろう。

レギナがそれぞれの班に声をかける。

「も、申し訳ありません」

「まさか、ゴーレムがこんなにも強いなんて」

「体力も無限だし、まともに攻撃も通用しないし反則っすよ」

むくりと起き上がった戦士たちが口々に文句のような声をあげる。

俺もそう思う。ゴーレムを相手にした戦闘は非常に難しいのだ。

「戦場で遭遇したら反則なんて言葉は通用しないわ。今日はもう遅いから解散するけど、後日しっかりと課題に取り組むこと。いいわね？」

「「はっ、ありがとうございました！」」

レギナが解散の声をあげると、戦士たちが足を重そうにしながら砦に戻っていく。

そんな中、第一班の戦士たちが足早にこちらにやってくる。

「侮辱するような発言をして申し訳ない」

「いえ、こちらこそ生意気なことを言ってしまいました。申し訳なかったです」

互いに謝罪をすると、俺たちはどちらともなく笑い合って握手をした。

それぞれにプライドがあっての言動だった。悪気がないことは最初からわかっていたので怒るようなことでも引きずるようなものでもない。

握手をすると戦士の一人が周囲をキョロキョロと見回して、こっそりと尋ねてくる。

「……プルメニア村の人たちは、あのゴーレムを倒すことができたのか？」

彼が尋ねんとする意味がわかった。村人でさえ連携して勝てたというのに、戦いを生業とする自分たちが勝つことができなかったことに対する不安だ。

レギナは敢えて明言していなかったが、あまり戦士たちの自信を折るのもよろしくないだろう。

「ああ、俺の作ったゴーレムは特別製でして、それに錬金術師が直接操作するか、しないかで大幅に難易度も変わりますから」

大規模な戦いになるとゴーレムに戦闘を任せるだけになるので、ゴーレムの動きも大雑把になる。今回は一体のゴーレムを操作することに集中できたのでパフォーマンスはかなり高くなっていた。獣王軍の戦士たちだからここまで戦えたのであって、村人であれば一分も戦線を維持するのは困難に違いない。

「それを聞いて安心した」

「村人が倒せたっていうのに俺たちが倒せないってなったら意味がねえからな」

俺が操作したゴーレムは特別だということを強調すると、戦士たちはホッとしたような顔を浮かべて去っていった。

「ありがとう、イサギ。今回の模擬戦で戦士たちのいい刺激になったみたい」

「お役に立てたようで何よりさ」

また帝国と矛を交えることになれば、ゴーレムが動員される可能性はあるからね。

「ところで、まだイサギのゴーレムは残っているわよね？」

三体ほど作ったはいいが、経験の乏しい戦士たちを相手にするには一体で十分だったのでアイアンゴーレムとクリスタルゴーレムは操作していない。

彼女が言わんとすることを察知した俺は、急いでその場を離れようとする。

既に時刻は夕方だ。今からレギナとの模擬戦に付き合っていては帰宅が夜になってしまう。

「あたしとの模擬戦にも付き合ってくれるわよね？」

しかし、悲しいかな。獣人族と人間族の身体能力の差は大きく、俺は呆気なく腕を絡めとられてしまうのだった。

17話　宮廷錬金術師は風冷服を閃く

「いやー、こうやって一日中魔道具を作っていられるのは幸せだなぁ」

レギナから水冷服の発注を受けた俺は、プルメニア村にある工房でひたすらに水冷服を作っていた。それほど複雑な仕組みではないので作るのに時間がかかるものではないが、百五十という数もあってはそれなりに時間がかかる。だから、ここ二日くらいはずっと工房に籠り切りだった。

「少し前も魔道具を作っていらした気がしますが？」

パイプの取り付け作業を手伝ってくれているメルシアがそんなことを言う。

「開発やカッフェミキサーとは別だよ。同じ魔道具を淡々と作り上げるって作業がいいんだ」

ここ最近は農園の仕事だったり、素材の採取だったり、砦の戦士たちの訓練に付き合ったりと多忙だったからね。ずっと魔道具だけを作っていられる時間が殊更素晴らしく思える。

「そろそろお昼なのでお食事の用意をしてきますね」

「うん」

メルシアがいなくなって一人になるが、それでも俺は黙々と水冷服を作っていく。

プラミノスに魔力を通し、パイプ状に変形させると、それをベストへと取り付ける。

魔力回路を生成すると、背面ポケットの中に設置。氷魔石と魔力回路を繋げ、パイプへと接続。胸ポケットの中にスイッチを作ると水冷服の出来上がりだ。

「イサギ様、お食事の用意が整いました」

そうやって水冷服を五着ほど作ると、メルシアが扉を開けて戻ってくる。

「ありがとう。もうちょっとしたら行くよ」

今いいペースで作れているから、もう五着ほど作ったら切り上げよう。

「ダメです。せっかくのお食事が冷めてしまいますから」

「……はい」

なんて算段を立てていたがメルシアのド正論を前に霧散することになる。

料理を作ってもらっておきながら冷ますなんてことはできない。

素直に作業を切り上げて工房を出ると、渡り廊下を渡って自宅のリビングへと移動。

「お、パスタだ！」

「夏野菜の冷製パスタです」

「わあ！　美味しそう——って、あれ？　冷製パスタなら冷めることはないんじゃ……」

「そうでも言わないとイサギ様は作業を切り上げてくれませんから」

思わず突っ込みを入れると、メルシアはしれっとした顔で食器を用意して座った。

さすがは俺の助手だけあって性格をよくご存知で。実際にその通りなのだから文句も言えない。

「とにかく、食べようか」

「はい」

俺とメルシアは席に着くと、一緒に昼食を摂ることにした。

フォークで麺を巻き付けながら夏野菜と一緒にパスタを頬張る。

「冷たい麺が気持ちいいですね」

「うん。夏野菜がたくさん入っているし、食べるだけで元気が出てきそうだよ」

冷たい麺に絡んでいるのはトマトベースのソース。甘さと酸味のバランスがちょうどよく、麺がするりと喉の奥へ通り過ぎる。ズッキーニからは強い歯応えと瑞々しさが、焼き上げられたナスから香ばしい風味と旨みが、パプリカからは独特な風味とシャキシャキ感がしている。

他にもトマト、オクラといった具材が入っており、麺との相性がバッチリだった。

空腹だったということもあり、俺たちはあっという間にパスタを平らげた。

「ちょっと窓を開けるね」

「お願いします」

メルシアが食器を片付け中、俺は空気を入れ換えるために窓を開けた。

冷たい空気が窓の外に逃げてしまうことになるけど、換気しないと空気が淀(よど)んでしまうからね。

窓を開けると、温かさを孕（はら）んだ空気が入ってくる。

その風が思っていたよりも強く、俺の前髪を大きく巻き上げた。

「きゃっ！」

後ろからあがった可愛らしい悲鳴に反応して振り返ると、入り込んできた風によってメルシアのスカートがふわりと舞い上がっていた。

形のいい綺麗な脚が露わになる。

「――ッ‼」

が、メルシアのお尻から生えていた尻尾がすぐにスカートを押さえつけた。

「……あ、あの、イサギ様――」

「待って」

メルシアが頬を赤く染めて何かを言いかけたが、先ほどの光景を見て俺のクリエイティブな心が突き動かされた。

入り込んできた風がスカートを捲り上げた。

衣服の中を風が通り過ぎた……これって水冷服に応用できるんじゃないだろうか？

水冷服は衣服の中に水を循環させ、氷魔石で冷却させることによって涼しさを得るもの。

では、衣服の中に風を循環させるのはどうだろう？

水冷服とは違った涼が得られるかもしれない。

送風機の応用をして、衣服にファンを取り付ければ簡単にできる気がする。

それに何より面白そうだ。今すぐに形にしてみたい。

「ちょっと新しい魔道具を思いついたから作ってくる」

「えええええ？」

「ごめん。食器洗いはまた今度一緒にするから」

「そ、そういうことじゃありません！」

メルシアは食後に俺と食器洗いするのを好んでいる節がある。俺がすぐに魔道具の作成に取り掛かってしまうことでなくなったのが残念でならないのだろう。

できるだけ叶えてあげたいが、今は新しい魔道具のアイディアを逃がしたくない。

俺は急いで工房へと戻り、思いついた魔道具の作成に取り掛かるのだった。

●

「できた！」

昼から一時間後。俺は工房にて新しい魔道具を作り上げることに成功した。

「で、こちらの衣服は何なのでしょう？」

「名付けて風冷服！　取り付けたファンが外の空気を取り込み、衣服の中で風を循環させるんだ！」

衣服の形態はジャケット。サイドに二つのファンが取り付けられている。

ジャケットの内側には風魔石が設置されており、魔力回路を通じて二つのファンと接続されている。

「メルシアも一緒に着てみようよ」

どこか不貞腐れた様子のメルシアを呼び寄せて、俺はローブを脱いで風冷服を羽織ってみる。

「ジャケットの内側のポケットにスイッチがあるから押してみて」

「わかりました」

俺とメルシアは同時に内ポケットのスイッチを押した。

すると、両サイドに取り付けられたファンが回転して外の空気を取り込んだ。

取り込まれた風がジャケットの内側を通り抜けて、裾、襟といった出口へと通り抜けていく。

「うわあああ、すごい！　涼しいや！」

「あらゆる角度から風を受けているみたいです」

空調服を体感したメルシアも思わず目を丸くしていた。

下から取り込まれた風が首まで上昇して抜けていくので顔の辺りも涼しい。

外に出てみると、もちろん暑いのだが風冷服のお陰でダラダラと汗をかくこともない。

循環している風が汗を即座に気化させて体温を下げてくれているのだろう。

水冷服も気持ちいいが、風冷服も悪くないと思う。

「獣人的にファンの音は気になるかな？」

「私の意見としては、そこまで気になりません」

「それならよかった」

風冷服の性質上、どうしても音を完全になくすというのは難しい。聴覚の鋭敏な獣人にはそこがネックかと思っていたが、そこまで気になるようなレベルではないようだ。

「こちらの魔道具は、先ほどリビングに入り込んできた風から着想を得たのですね」

「うん。服の中を風が循環しても涼しいんじゃないかってね」

「……ふーん、そうですかぁ」

妙に含みのある反応をするメルシア。

「どうかしたの？」

「いえ、まったくイサギ様はイサギ様ですね」

「⁇」

どうして不機嫌だったのかわからないけど機嫌が直ってくれたようでよかった。

「しかし、水冷服の生産も終わっていないのにこのような画期的な魔道具を作ってよろしいのでしょうか？　こちらの発注もたくさんされると思われますが……」

「あっ」

でも、だからといって風冷服を紹介しないという選択肢は俺にはない。便利な魔道具は生活で使ってこそだからね。

後日、レギナに風冷服を紹介してみると、こちらもかなり好評で追加で百着ほど発注されるのであった。

18話　宮廷錬金術師は慰霊碑を作る

水冷服と風冷服を作っていると、メルシアが工房に入ってきた。

「イサギ様、少しよろしいでしょうか?」

「いいよ。どうしたの?」

尋ねると、メルシアが沈痛そうな面持ちで口を開いた。

「これから戦死者のためのお墓を作ることになりまして……」

帝国を退けることに成功した俺たちだが、失われた命が皆無というわけではなかった。

あれからプルメニア村の生活も落ち着きを見せ、ようやく皆が現実を受け入れる余裕ができたのだろう。

「……わかった。俺も行くよ」

まだすべての水冷服と風冷服を作り終えたわけじゃないけど、一緒にプルメニア村を守るべくして戦った者のためだ。優先するべきだろう。

工房での作業を切り上げると、俺はメルシアと一緒に村の中央広場へ向かう。

中央広場には村長であるケルシー、シエナといった村人たちがおり、戦死者の親族と思われる者たちが中心となって集まっていた。

その中にはラグムントやリカルドもいた。

彼らの家族が亡くなったという話は聞いていないが、血縁関係に当たるものや親しい人が亡くなったのかもしれない。

「父さん、イサギ君、こちらの品を収納することは可能だろうか？」

「イサギ様をお連れしました」

ケルシーが指さしたものは布に包まれた巨大な石。戦死者のために用意した墓石だ。

「問題ありません」

「助かる」

マジックバッグにすべての墓石を収納すると、ケルシーだけでなく親族たちがぺこりと頭を下げた。さすがに墓石を持って移動するのは辛いだろうからね。

「では、向かうとしよう」

ケルシーが村人たちを連れて歩き出す。

俺とメルシアは最後尾に位置すると、そのまま後ろを付いていくことにした。

向かう先はプルメニア村からもっとも近い位置にある裏山。

山に登るとはいえ、これからハイキングに行くわけではない。戦死者たちの墓を作りに向かうのだ。道中はとても静かだった。

黙々と山を登っていくと、中腹の辺りにある開けた場所にたどり着いた。

そこにはいくつものお墓が建っており、先祖代々眠っている場所なのだろう。

とても見晴らしがよく、いつでもプルメニア村を見下ろすことができる。

亡くなった人たちもここで大事な家族を見守ることができるのであれば本望であろう。

「……ここに作ろう」

ケルシーが静かに告げると、俺はマジックバッグから布に包まれた墓石を取り出す。

すると、村人たちがスコップを手にして地面を均す。

錬金術を使えば、作業工程を大幅に短縮することができるが、今それを行うのは違うと思ったので使用はやめておく。こういうのは親族の方がやることに意味がある。

俺が求められる役割は墓石の運搬であるが、終わったからといって何もしないというのも忍びない。

「ケルシーさん、戦死者のための慰霊碑を作ってもいいでしょうか？」

慰霊碑というのは、事故や戦争、災害などで亡くなった人の霊を慰めるために建立する石碑のことだ。俺にできることはこの程度しかないが、村の一員として何かをしてあげたかった。

「もちろんだ。あの辺りに作ってくれると嬉しい」

ケルシーの指さした地点に移動する。

少し雑草が繁茂している様子だったので液体除草剤をメルシアに撒(ま)いてもらう。

錬金術で作り上げた俺のハイブリッド除草剤は山の雑草にも効果覿面(てきめん)だ。雑草たちがあっという間に茶色く変色して枯れ果てた。

雑草をひとまとめにすると、凸凹とした地面が露わになったので錬金術を使用して均す。

地面が水平になったところで俺はマジックバッグから黒輝石を取り出した。

黒輝石は濃い目のグレーをしており、光の具合でやや青みを帯びる石材だ。

水はけがいいために汚れ難く、墓石の美しさを長期間維持することができる。さらに硬度に優れているために風化、汚れなどにも強い。神殿などの建造物に使われることが多いが、慰霊碑として使用しても悪くないだろう。

黒輝石に魔力を通し、変形させ、滑らかで曲線を描くようなシルエットにする。

中央に大きく『慰霊碑』と文字を刻み、その下側には今回の戦争やどのような経緯で起こってしまったのかの経緯を碑文として綴ることにした。

「勝手に碑文なんて刻んでよかったかな？」

「とてもありがたいです。この慰霊碑のお陰で出来事を遥か後世まで残すことができるのですから」

「ああ、立派な慰霊碑をありがとう、イサギ君」

メルシアだけでなく、ケルシーが嬉しそうに頷いた。

俺たちと同じような結末が起こらないようになどと偉そうなことは言えないが、戦いには大いなる痛みが伴うことを知ってほしいと思った。

慰霊碑を作り上げた俺は、そのまま墓地全体の清掃を行うことにした。

定期的に清掃がされているとはいえ、風雨に晒されることの多い墓地だ。

夏だけあって雑草が多く繁茂しているし、墓石に汚れが付着しているものが多かった。

こちらもケルシーとメルシアから許可を貰ったので、俺は液体除草剤の入ったスプレーで周囲の雑草に振りかける。

すると、墓石の周囲に生えていた雑草が瞬く間に枯れていく。

長い時間が経過し、親族のいなくなってしまった墓石なんかには植物が絡みついている。

だが、そんなものでも除草剤を噴射してやれば一発だ。

「あっ、この墓石少し欠けている」

枯れ果てた雑草を取り除くと、植物が繁茂していた墓石の上部が欠けていることに気付いた。

おそらく風雨などによって欠けてしまったのだろう。

「すみません。少しだけ修繕させていただきます」

このまま放置しておくのも忍びない。

ご先祖様に断りを入れるように声をかけると、俺は錬金術を使用して欠けていた部分を石材で埋めてあげた。

使用した石材による違いでどうしても一部分だけ色の違いが目立ってしまうが、そこを許してもらおう。

「イサギさん、メルシアちゃん、お祈りをするからいらっしゃい」

墓地の清掃をしているとシエナから声をかけられたので、俺とメルシアは皆のところに戻る。

無事に戦死者のための墓石が出来上がったようで、墓石には戦死者の名前が刻まれていた。既に骨壺(こつつぼ)は入れられているのだろう。供物台には花やお酒、武器などが置かれていた。

親族たちが目をつぶって手を合わせる。

俺も墓石に刻まれている戦死者たちの名前を脳裏に刻むようにして確認すると、目をつぶって両手を合わせて祈りを捧(ささ)げた。

●

祈りを捧げ終わる頃には、太陽が落ちかけており周囲を薄闇が支配し始めた。

そろそろ山を下りる頃合いだろうと思っていると、麓(ふもと)の方からポツポツと灯りが見えてきた。たくさんの光が一か所に集まっており、こちらへと近づいてくる。

「あれは?」

「戦死者の魂を弔うための灯籠です」

何事かと思って視線を向けると、隣にいたメルシアが灯籠を手にしながら答えてくれた。

「かつて死者の魂は灯籠に乗って川を下り、あの世に戻ると信じられていた。灯籠の灯りは闇を照らし、死者の魂があの世に戻るまで道に迷わないようにするための標だ」

「簡単に言いますと、プルメニア村に戻ってきた戦死者の魂をあの世に送るための儀式みたいなものです」

ケルシーが厳かな口調で語ってみせ、メルシアが苦笑しながらわかりやすく教えてくれた。

いきなり麓の方から大量の灯りが着いたから敵襲かと思ってビックリした。

冷静になれば、感知に優れたメルシアが何も言わないのだから危険ではないことは明らかだな。

大量に現れた光との距離が縮まると、灯籠を手にした村人たちが登ってきているのが見えた。

「この先に川がありますので、そちらで灯籠を流します。イサギ様も灯籠をどうぞ」

「ありがとう」

この日のために作っていたのだろう。

メルシアから灯籠を受け取ると、俺は彼女に付いていく形で山を登ることにした。

灯籠を手にして俺とメルシアは山を登っていく。

気が付くと、灯籠を手にした村人はドンドンと増えていき、キーガス、ティーゼ、ネーア、ラグムントと知り合いも見えてきた。

そして、大きな一団となった俺たちを守るかのように別の集団が姿を現す。

「獣王軍だ」

「ライオネル様とレギナ様もいらっしゃいますね」

視線を向けると、獣王軍を率いるライオネルとレギナが姿を現した。

俺の視線に気付くと、二人はにっこりと笑って手を振ってくれた。

色々と忙しい二人だが、この日のために予定を調整してくれたのだろう。

本当に国民想いな人たちだ。

「おっとと……」

周りを見ていると、足元が疎かになってつまずいてしまった。

周囲は薄暗い上に日もほとんど沈みかけている。

手元に灯籠があるとはいえ、あまり山を登り慣れていない俺にとって進むのは難しい。こうやって木の根に足を取られるのも三度目だ。ちょっと情けない。

するとと、メルシアが横並びになり、空いている俺の右手をとった。

「この先、さらに足元が悪くなってしまうので……」

「あ、うん。ありがとう」

その拳から放たれる一撃がどれだけ強力なのか知っているけど、こうして握るとメルシアも女の子なんだなぁ。

温かい。言葉にすると陳腐だけど、不思議とそれが一番しっくりきた。

隣を歩くメルシアの表情は見えないけど、彼女も同じような気持ちなのだろうか。

いや、俺があまりにも鈍くさいから、そういった意識はしていないのかもしれない。

「ん？」

そんなことを考えながら歩いていると、妙に俺たちの周りだけ明るくなっていることに気付いた。

思わず振り返ると、キーガス、ティーゼをはじめとする知り合いたちが灯籠を俺たちに向けていた。

周囲を見ると、村人たちが微笑ましそうにこちらを見ている。

何だこの公開処刑は。

「ねえ？」

「何のことだ？　俺は周囲に魔物がいないか警戒しているだけだぜ？」

「そうですとも。特に今はメルシアさんの片手が埋まっていますから」

湿度の高い視線を向けながら尋ねると、キーガスとティーゼがニヤニヤと笑いながら答えた。

二人も夜目が利く獣人だから光を当てる必要はないだろうに。

明らかに俺をからかっている。

普段は仲が悪いのに、こういう時だけ一致団結するとは質が悪い。

「あー！　メルシアちゃん、顔が赤くなってる！　皆の前でイサギさんと手を握るなんて大胆だね！」

「ちょっと、ネーア！」

前ではメルシアが灯籠を手にしたネーアにからかわれていた。

反射的に追いかけそうになったメルシアだが、俺と手を繋いでいることを思い出したのか足を止めざるを得なかった。

「ぷふふ、イサギさんがいるから追いかけられないよね！　残念！」

自分が安全圏にいると確信したネーアは挑発するように前で尻尾を振り、軽やかな足取りで先へ進んでいく。そんな彼女をメルシアは悔しそうに見送った。

でも、手を繋いでドキドキしているのは俺だけじゃなかったんだ。口にすることはないけど、ネーアには少しだけ感謝だ。

とはいえ、このままの状態で進むのは気恥ずかしい。

俺は空気を変えるように会話を投げることにした。

「それにしても、獣王軍がいるとはいえ、ここまで魔物が出ないなんて珍しいね」

人数が多いとはいえ、それでも魔物の襲撃が皆無になるなんてことはない。

慎重な性格をした魔物や、戦力差を悟って襲撃しない知能の高い魔物もいるが、基本的にそのようなものを考慮せず襲ってくるのが魔物というもの。

だから、この静かさが不思議だった。

「ポツポツと寄ってくる魔物はいますが、こちらに接敵する前にコクロウさんたちが追い払ってくれていますので」

「コクロウたちも来ているんだ」

メルシアがコクロウたちのいる地点を指さしてくれたが、俺には遠すぎてよく見えなかった。

どうやらコクロウやブラックウルフたちも同行してくれているらしい。

肩を並べたとは言わないが、同じ場所で戦った仲間として彼らも弔いに来てくれたのかもしれない。

お礼を言いたい気持ちはあるけど、近づいていけば逃げそうな感じがしたのでやめておくことにする。

そうやって先導してもらいながら歩いていくと、徐々に傾斜は平坦なものになる。

やがて木々が薄くなっていき、大きな川の流れる開けた場所へたどり着いた。

すっかり日は落ちているので暗闇なのだが、大勢の村人が灯籠を手にしているので暖かな光に包まれていた。綺麗な三日月の光が水面へと降り注ぎ、キラキラと輝いている。

村人たちが一か所に集まると、村長であるケルシーが口上を述べた。

先日の戦争で散ってしまった戦士たちを讃える言葉だ。

「勇敢なる戦士の魂が迷わぬよう我々の光が標とならんことを」

ケルシーが言葉を締めくくるようにして言いながら灯籠をそっと川に流した。

それに続く形で戦死者の家族が灯籠を流し、親族、友人などが流し終えると、それに続く形

で村人たちが川辺に近づいて灯籠を流していく。

「イサギ様、私たちも流しましょう」

「うん」

メルシアに促され、俺も川辺に近づいてそっと灯籠を流した。

俺たちの流した灯籠はゆっくりと水流に乗って進んでいく。

「綺麗だ」

暗闇の中、幾重もの数の灯籠が光を放っている光景はとても幻想的だった。

灯籠を見送ると、隣にいたメルシアが歌を歌い始めた。

追悼の歌だ。

柔らかでありながら透明感のある綺麗な歌声。

獣人族による古来の言葉が含まれているので歌詞の深い意味はわからない。

だけど、その歌はとても優しく、心に染み渡るようだった。

遠くの山から聞こえる遠吠えを耳にしながら、俺は亡くなった人の魂が無事に天国に向けるように祈り続けるのだった。

19話　宮廷錬金術師は大農園にトウモロコシを植える

「今日は新しい作物を植えようと思う」

「もしかして、トウモロコシですか？」

「うん。そろそろ農園の方で育てても問題ないと思ってね」

トウモロコシは俺がプルメニア村にやってきた頃から品種改良を進めていた作物の一つだ。

空いている時間を使って品種改良を繰り返し、地下にある実験農場で栽培を進めていた。

それがついこの間、完成したのだ。

「いいですね。実験農場で安定性もしっかりと確保できたので、農園での栽培も始めましょう」

「トウモロコシは使い道も多いし、広い範囲に植えたいところだね」

トウモロコシは食用として使えるのはもちろんであるが、それ以外にも油、お酒、お茶、飼料、堆肥などと使い道も多いため、農園で生産すれば俺たちの生活だけでなく、村全体の産業も豊かになるだろう。

「となりますと、新しく畑作りから始めた方がよさそうです」

「じゃあ、今日は久しぶりに畑作りといこうか」

そんなわけでトウモロコシを栽培することにした俺たちは、農園へと向かうことにした。

「おはよう、二人とも！」

家を出て農園へと向かうと、販売所の方から元気な声をあげてレギナがやってきた。

「レギナ様？　こんなところにいて大丈夫なのですか？」

「もしかして、寝坊した？　急いでいるならゴーレム馬を貸してあげるよ？」

「ちょっ、二人も！　あたしは皆に置いていかれたんじゃなくて自分の意思で残っただけだから！」

率直な疑問をぶつけると、レギナがちょっと焦ったような顔で弁明する。

ライオネルをはじめとする獣王軍が、すぐに仕事に戻っていったためにレギナも一緒に戻ったものだとばかり思っていたのだが、彼女だけそのまま残っていたようだ。

「そうだったんだ。てっきり置いていかれたのだとばかり……」

「どこの国に王女を置いていく部下がいるのよ」

よく考えればそれもそうだ。

部下を置いて先陣を切る王族こそいるものの、王族を置いていく部下は獣王国にはいないのだ。

「こっちでゆっくりできるってことは仕事の方は落ち着いた？」

「ええ。イサギが水冷服と風冷服を作ってくれたお陰でね」

「役に立っているみたいで何よりだよ」

レギナによると水冷服と風冷服のお陰で暑さにダウンしていた戦士たちが復帰し、これまで以上のペースで砦の修繕と訓練が進められているようだ。

ただでさえ屈強な獣人の戦士だ。本来のパフォーマンスさえ取り戻してしまえば、人間族にとって大変な作業でもあっという間に終わらせてしまうだろう。

そんなわけでレギナが付きっ切りで指揮をとる必要もなくなり、休暇としてこちらに滞在することにしたようだ。

「ところで、今日は何するの？」

「これからトウモロコシ畑を作るところだよ」

「面白そうね！　あたしも手伝っていいかしら？　思えば、農園での二人の仕事ぶりをよく見たことがないのよね」

興味深そうにしながら言うレギナ。

「構わないけど、せっかくの休暇なのにいいのかい？」

「ジーッとしてるのは性に合わないから」

せっかくの休暇なのに仕事のようなことをしていていいのかと思ったが、レギナには不要な心配のようだ。確かに家でジーッとしているのはレギナに似合わないや。

「わかった。それじゃあ、レギナも一緒にやろうか」

「ええ！」

ご機嫌そうに頷くレギナと一緒に俺とメルシアは農園に入った。

「相変わらずイサギの大農園って大きいわね。獣王都にも王家が管理している農園があるけど、育てている作物の種類には足元にも及ばないわね」

「へー、王家が管理している農園があるんだ」

「一体、どのような作物を育てているのでしょう？」

「ここと違って、獣王国中から集めた稀少な果物や薬草なんかを育てているわね。有名なものだとマンドラゴラとか人面樹とか栽培しているし、あとは大樹を栽培できないかと試しているみたい」

「へー、それは興味深いね」

「獣王都に来ることがあったら今度はあたしが案内するわね。仕事抜きで」

「その時は是非ともお願いするよ」

獣王都には仕事で足を運んだけど、ゆっくりと観光する暇がなかったので大樹の中しか知らなかったりする。それはそれで貴重な体験なのかもしれないが、次はもうちょっと獣王都の施設や景色なんかを楽しみたいものだ。

「新しく畑を作るならどこがいいだろう？」

「トウモロコシは日当たりがいい方が育ちやすいので東区画がいいかと」

「そうしよう」

メルシアのアドバイスに従って、俺たちは農園の東区画へと移動。

いくつもの畑を抜けると、だだっ広い平原へとやってきた。

この辺りには何も作物は植えていない。ただ草の生えている平地が続いているだけだ。

うん。ここならたくさんのトウモロコシを育てることができそうだ。

俺は錬金術で土を凹ませ、トウモロコシを植える範囲として目印をつける。

「じゃあ、早速雑草を駆除していこうか」

マジックバッグから液体除草剤を取り出すと、レギナとメルシアに配って周辺の雑草を駆除してもらう。

「何これ！　一瞬で雑草が枯れていくんだけど！」

レギナが除草剤を噴射しながら楽しげな声をあげる。

俺とメルシアは何度も使っているが、初めて使った彼女はその絶大な効果が楽しくて仕方がないみたい。あっちに行ってはプシューッと噴射、こっちに行ってはプシューッと噴射をしてとても楽しそうだ。

レギナとメルシアが除草をやっている間に、俺は土を媒介にしてゴーレムを作り上げる。土作りをするのであれば、やっぱり作業用ゴーレムは必須だからね。

「イサギ！　草を根絶やしにしてやったわよ！」

「次は土起こしですね？」

「うん。だけど、そこは錬金術で短縮しちゃうよ」

俺は地面に手をつくと、トウモロコシを育てる範囲の土に魔力を流した。

「何これ？　土が勝手に浮かび上がってる？」

地面がひとりでに盛り上がっていく光景を見て、レギナが驚きの声をあげた。

「なるほど。錬金術で地面を隆起させることで土起こしをしているのですね」

「うん。ちょっと調節が大変だけど上手くいったよ」

俺は錬金術で品種改良することや、生活魔道具を作ることの方が得意だったので、こういった物体干渉は苦手な部類だったけど、ラオス砂漠で砂を操作したり、土を掘ったり、水道管を作ったりと、ここのところを錬金術で土を扱うことが多かったからね。

随分と繊細なコントロールができるようになったものだと思う。

「ただ耕すことまではできないから鍬で手伝ってくれると助かるよ」

何度か練習してみたのだが錬金術で土を耕すのはかなり難しいのだ。

ヘタをすると砂を細かく砕きすぎてサラサラになってしまう恐れもあるので、こういった曖昧な部分は人の手でやった方がいいと感じた。

「土起こしが短縮できただけで十分ありがたいです」

「耕すのは任せて！」

レギナ、メルシアだけでなく、ゴーレムにも鍬を持たせて耕しをやってもらう。

メルシアやゴーレムがザックザックと土を掘り起こしていく。

一方、レギナはそんな光景を少し眺めてから鍬を振るい始める。

レギナは農業をやった経験があまりないと聞いていたが、彼女の鍬捌きは中々のもので耕すペースが早い。

「鍬を使うのが上手いね」

「いいお手本をしている人が隣にいるもの」

先ほどメルシアの動作をチラ見しただけで効率のいい振るい方がわかったらしい。

こういう人を天才というのだろうか。

既に経験者である俺を上回る鍬捌きである。立つ瀬がない。

「さすがにメルシアには敵わないわね」

「メイドですから」

いや、地面を掘ることにメイドは関係ないと思うんだけど、メルシアが何でもできるのは事実なので突っ込まないでおこう。

三人とゴーレムで協力すると広大な畑もあっという間に耕すことができた。

「耕すのが終わったら肥料を撒くよ」

「これもイサギが錬金術で作ったもの？」

「そうだよ。土の栄養が少ないプルメニア村では肥料が重要なんだ」

マジックバッグから肥料の入った袋を渡すと、皆で畑へと撒いていく。

軽くかき混ぜる作業はゴーレムにやってもらって、俺たちはひたすらに肥料を撒くことに集中した。

「肥料を撒き終わったら、平畝を作って種を植える」

今回は二条植えを採用し、幅は八十センチ、高さは十五センチ程度の平畝とする。

指で一センチ程度の穴を作ると、そこに三粒から四粒程度の種を植える。

二条植えなので間が詰まらないように五十センチほど間隔は空けておく。

種を植え終わったらそっと土を被せ、軽く押さえてあげれば種撒きは完了だ。

「あとは水をあげれば完了っと……」

魔法で水をかけていくと、あっという間に種を撒いたところからニョキニョキと芽が出てきた。さらに芽は成長し、根がしっかりと張って、葉を大きく広げた。

「うわー、本当にイサギが作った作物ってすぐに生えてくるのね」

「そうなるように改良しているからね」

俺たちにとってはこれが常識だけど、そうでない人からすれば異様な光景に違いない。

「実験農場よりも生育スピードが早いです」

「日光が豊富だからかもしれないね」

さっき植えたばかりであるが、既に膝くらいまでに伸びている。

ここまで大きくなれば、トウモロコシらしさが出てくるものだ。

「このまま間引き、土寄せと、追肥もした方がよさそうだ」

本来はそれらの作業をゆっくりと行っていくものであるが、実験の時よりも成長速度が早かったので今やってしまった方がよさそうだ。

苗の選別をして一本に絞り、倒れてしまわないように土寄せをしてやり、追加で肥料を撒いてあげる。

「よし、これで今日の作業は完了だね」

あとは水と肥料を切らさないようにし、様子を見ながら摘果をするだけだ。

「この調子だとどのくらいで収穫できるのかしら？」

「多分、五日くらいかな」

「普通のトウモロコシは収穫するのに三か月はかかるんだけど……」

「ここはイサギ様の作り上げた大農園ですから」

遠い目をしているレギナの呟きにメルシアが自慢げに答えるのだった。

20話　宮廷錬金術師はトウモロコシを収穫する

「……イサギ様、起きてください」

耳元で鈴を転がしたような涼やかな声が響き、そっと身体を揺すられる。

少し重い瞼(まぶた)を開けると、メイド服に身を包んだメルシアがいた。

「メルシア？　どうしたの？　ちょっと早くない？」

朝日がまだ昇り切っていないのか寝室の中は薄暗かった。

いつもはもうちょっと明るくなってから起こしてくれたり、ご飯ができてから起こしてくれるというのに今日はどうしてこんなにも早いのだろう。

「今日はトウモロコシの収穫をする日なので」

瞼をこすりながら尋ねると、メルシアがきっぱりと答えた。

「あ、そうだった」

レギナとメルシアと一緒にトウモロコシを植えてから五日が経過している。

あのあとの管理はメルシアとレギナに任せていたので、今日が収穫日だということをすっかり忘れていた。

トウモロコシは冷え込んだ夜に糖度が高まるので収穫は早朝が一番いい。

「ごめん。すぐに準備を整えるよ」

「軽めの朝食をご用意しておきますね」

「ありがとう」

メルシアが寝室を出ていくと、俺は慌てて寝間着からいつもの私服へと着替える。

顔を洗って寝癖を直すと、俺はリビングに入る。

テーブルの上には食パンが一枚用意されており、マグカップの中に野菜スープが入っていた。

席に着くとトーストにバターを塗って口にする。

表面がカリッとしており中はふんわりとしている。

野菜の甘みがしっかりと出ているスープは、胃に優しくするりと飲めるのがいい。

メルシアは既に朝食を摂り終わっているのか俺が食事をしている間は優雅にカッフェを飲んでいた。

そういえば、同居を始めて二週間くらい経過しているけど、メルシアが寝坊をしたことはないな。朝に寝癖がついていることもないし、肌が荒れているところも見ない。真面目なだけあって普段の生活もキッチリとしているのだろう。

でも、ちょっとだけ彼女の隙らしいところも見てみたい気がする。

「どうされました?」

「いや、何でもないよ」

とはいえ、さすがに本人を前にして言うのも変なので言ったりはしない。

俺は誤魔化すように笑うと、そのまま食事を続けた。

朝食を平らげると、俺とメルシアは農園にあるトウモロコシ畑へと移動。

トウモロコシ畑にやってくると、レギナだけでなく、キーガス、ティーゼがいた。

トウモロコシの収穫ということもあって、メルシアが人手を集めてくれたのだろう。

挨拶をすると、三人が口々に返事をしてくれた。

三人とも水冷服や風冷服に身を包んでいるので、暑さ対策もばっちりだろう。

俺も今日は風冷服を着ているので快適だ。

「これで全員揃ったかな？」

「いえ、ネーアが来ていません」

「それならもうちょっと待とうか」

まだ時間は早いし、せっかく収穫作業をするなら皆で一緒にやりたいからね。

とはいえ、ボーッとした時間がくるとどうしても眠気が出てしまうわけで。大きな欠伸(あくび)を漏らしてしまう。

「大きな欠伸だな」

「昨日はちょっと魔道具を作ってて……」

「イサギさんの場合は昨日ではなく、昨日もな気がします」

ティーゼの突っ込みが正しいだけに何も反論はできなかった。

軍事用魔道具ばかり作っていた反動のせいかな？　最近は生活魔道具を作りたくてしょうがないんだよね。やっぱり、錬金術師は作りたいものを作るのが一番だ。

「ごめーん！　遅れたー！」

空を眺めながらしみじみと思っていると、最後の一人であるネーアがやってきた。

「ネーア、ここ最近遅刻が多いですよ」

「最近、暑いせいか寝つきが悪くて……」

「でしたら、それを見越して早めに就寝をするべきです」

弁明をするネーアであるが、幼馴染であるメルシアにそのような甘さは通じないようだ。

俺もメルシアがいなかったら遅刻をしていた身なので口を挟むことはできない。

ネーア、頑張ってくれ。

「そういえば、キーガスとティーゼさんは朝が強いよね」

うちの農園で仕事をしながら農業について学んでいる二人だが、朝早くからの作業であっても遅刻をしたことは一度もないとメルシアから聞いている。

「砂漠では活動できる時間が限られているので、こういった早朝に起きるのが習慣づいているのです」

「つーか、朝を逃したらまともに動けねえしな」

朝に強いわけではなく、朝に起きないと生活が成り立たないらしい。

「……では、ネーアもラオス砂漠に行けば遅刻が減りそうですね？」

「おっ、農園従事者は大歓迎だぜ」

「な、なんか二人とも半分くらい本気なところが怖いんだけど！」

怪しい笑みを浮かべるメルシアとキーガスに迫られ、ネーアが俺の後ろに隠れた。

「では、全員揃いましたし、トウモロコシの収穫をしましょうか」

人手が揃ったところで俺たちはトウモロコシ畑へと足を踏み入れる。

「おー、すっかり大きくなっているね」

俺が植えた時は膝くらいまでの高さしかなかったというのに、今はすっかり俺の身長を超えるような高さにまで伸びている。茎は太く、葉っぱもかなり長くなっていた。

「収穫していいものの特徴は？」

「見極めるポイントは三つ。雌花の髭が濃い茶色になっているもの、幹に対して実が倒れているもの、先の部分に触れてみて粒がしっかりと生っているものさ」

ポイントを伝えると、俺は手袋をはめて身近にある髭が茶色くなっているトウモロコシを確認。しっかりと身が倒れており、先端を触ってみると粒がしっかりとある。

そのまま握り込むと、下に倒すようにしてねじり取った。

「収穫の仕方はこんな感じです」

「外皮を全部剥いてしまうと鮮度が落ちてしまうので、すべて剥かないように収穫をお願いします」

メルシアが補足しながら言うと、レギナ、キーガス、ティーゼ、ネーアたちが頷いて収穫作業を開始した。

収穫期に達しているトウモロコシを見つけ、手でねじり取っていく。

粒がぎっしりと詰まっているお陰か収穫したトウモロコシはズッシリとしている。

「手で折れるから収穫が楽だな」

「べりって剥がすのがちょっと気持ちいいわよね」

キーガスやレギナも次々とトウモロコシを収穫していく。

「こちらのトウモロコシは収穫できるのでしょうか？」

「茶色っぽいけど、微妙にちょっと薄いような？」

ティーゼとネーアが首を傾げて、トウモロコシを眺めている。

トウモロコシが収穫期なのか見極めかねているようだ。

「髭は乾燥していますか？」

「少し湿っていますね」

「でしたら、まだ若いはずですよ」

髭をかき分けると若干の湿りがあり、根本の方の色が薄い。

さらに外皮を剥いてあげると、やや白みを帯びた粒が露出した。

「本当だ！　イサギさんの言う通りだ！」

「色合いで判断しにくい時は、髭の乾燥具合で判断してくださいね」

初めて育てる作物なのでまだ見極めが難しいが、何度もこなしていけば慣れるだろう。

トウモロコシをドンドンと収穫し、コンテナへと収容していく。

畑のあちこちでパキパキとトウモロコシをへし折る音が聞こえ、風冷服のファンの回る音がする。

「ふう、風冷服のお陰で涼しいや」

既に作業を開始して一時間以上が経過している。

太陽が昇って気温が上昇しているが、服の中で風を循環しているために快適だった。

「魔道具のお陰で涼しいけど、水分は失われているからしっかりと補給してね」

「はーい」

水冷服、風冷服は着ているだけで涼しいが、まったく汗をかかなくなるわけではない。

涼しいからといって水分補給を怠ってしまうと、熱中症へと一直線だ。

そのことを注意し、俺たちは細かく水分を補給しながら収穫する。

コンテナがいっぱいになると、作業用のゴーレムが販売所へと運んでくれた。

ノーラたちが受け取って、選別と梱包を終え、午前中にはフロアに並ぶことだろう。

村の皆も買ってくれると嬉しいな。

「今日はこのくらいにしておこうか」

ゴーレムが販売所への輸送を三往復ほど繰り返したところで、俺は収穫作業の終了を宣言した。

既に販売所には二十個以上のコンテナが運び込まれており、俺のマジックバッグの中にもコンテナ十個分が収められている。収穫は十分と言えるだろう。

「皆さん、お疲れ様です。トウモロコシの塩ゆでを作ったので食べませんか？」

作業が終わったところで鍋を手にしながらメルシアがやってくる。

彼女には作業を早めに切り上げてもらい、トウモロコシの調理をお願いしていたのだ。

「おお、美味そうだな！」

「食べるに決まってるわ！」

「朝から何も食べてないからお腹ペコペコ！」

もちろん、異論など上がるはずもなく俺たちは木陰へと移動して食べることに。

錬金術で土のイスを作り上げると、それぞれが腰を下ろした。

大きな鍋の中には塩ゆでにされたトウモロコシが並んでおり、ホカホカと白い湯気を上げていた。

蒸されたことによって粒の一つ一つに艶が出ており、まるで黄色いダイヤのようだ。

離れていてもトウモロコシの甘さが鼻腔をくすぐる。

軸を掴んで持ち上げると少し熱い。それを何とか我慢しながらふーふーと息を吹きかけて冷ます。湯気が少なくなったところで俺はトウモロコシにかぶりついた。

「「甘い！」」

最初に感じたのは口いっぱいに広がるトウモロコシの甘さだった。

「粒の一つ一つが大きいですね」

「ぷちぷちと弾ける感触が楽しいです！」

メルシア、ティーゼが言うように粒の一つ一つがしっかりとしており、口の中で旨みと瑞々しい甘みが次々と弾ける。硬すぎず、柔らかすぎず、絶妙な食感だ。

トウモロコシの栄養が一粒一粒に凝縮されているのがわかる。

ほんのりと効いている塩味がより甘さを際立たせているようで美味しい。

「あー！　キーガスがもう三本目に手をつけてる！」

「早いもの勝ちだぜ」

ネーアの言葉にキーガスが返事しながらもトウモロコシに歯を突き立てる。

トウモロコシを回転させて、すべての実を平らげた。

「すごい。あれだけ早く食べているのに食べ終わったトウモロコシには実一つ残っていない」

「当たり前だ。食い物を残すなんて罰当たりなことはしねえよ」

俺もキーガスの食べ方を真似して豪快に歯を突き立てて、トウモロコシを回して食べてみる。しかし、キーガスのように綺麗に実を食べることができなかった。意外と難しいな。

「あたしも対抗するためには伝説の二本かぶりつきをするしか……」

「ダメです、レギナ様。はしたないです」

わなわなと肩を震わせながらレギナがトウモロコシを二本手にするが、ティーゼによって止められた。

「やっぱり、トウモロコシは採れたてが一番ですね」

「鮮度が一番に高い状態で味わえるのは作り手の特権だよ」

真っ青な空に浮かぶ細長い雲は、どこかトウモロコシのような形に見えた。

21話　宮廷錬金術師は花を採取する

家に帰って洗面台で手を洗っていると、俺はいつも微妙な気分になる。

その理由は石鹸（せっけん）の質だ。

プルメニア村で生産している石鹸なのだろう。灰や牛脂を使用して作っているみたいだが、現状の石鹸はとても固く、水溶けがいいとはお世辞にも言えない。

さらに手触りが少しべたつき、匂いが脂っぽかった。

可能であれば、もう少し上質な石鹸がいい。

普段、家事をしているメルシアは気にならないのだろうか？

気になったのでヒアリングをしてみることにしよう。

「……石鹸ですか？　もともとこういうものだと思っていたので、あまり気にしたことがありませんでした」

「あれ？　メルシアは帝国産の石鹸を使ったことがなかったっけ？」

帝国で使っていた石鹸に比べると、ここの石鹸はかなり劣るので不満に思っていると思っているのだが。

「帝国産の石鹸ですか？　ここにあるものと変わりがあるように思えませんでしたが……」

「こういうやつなんだけど……」

小首を傾げるメルシアに俺は帝国産の石鹸を見せてあげる。

黒ずんだ半固形石鹸に比べると、帝国産の石鹸は明るい灰色なので一目瞭然だ。

「少し使ってみても？」

「どうぞ」

メルシアが洗面台で石鹸を使う。

すると、訝しげな表情は瞬く間に驚きへと変わった。

「何ですかこれは⁉　水に溶けやすくて脂っぽくありません！　こんな石鹸は初めてです！」

「あー、なるほどね」

その反応を見て、俺はどうしてメルシアが帝国産の石鹸を知らないのかを何となく悟った。

「……もしかして、私だけ支給されていなかった？」

「多分、そうだと思う」

帝国は人間至上主義を掲げており、獣人を蔑視する国家だ。

メルシアにだけちゃんとした石鹸を支給しないなんてことは十分に有り得た。

あそこならそういう嫌がらせは日常茶飯事だから。

「本当にあの国は……ッ！」

帝国に対する気持ちを一言で表すとすれば、メルシアの言葉が相応しいと思う。

本当にどうしようもない国だ。

「ごめんね。もしかすると、俺と関わっていたせいかもしれない」

帝国で石鹸を作るのは宮廷錬金術師の仕事だ。

それを各部署に配備するのも錬金術課を仕切っていたガリウスの匙加減一つでどうにでもなる。つまり、間接的に言えばガリウスに疎まれていた俺のせいでメルシアは被害を受けていたとも言える。

「イサギ様は悪くありません。悪いのは帝国なのですから。それにそんな嫌がらせの一つや二つでめげていては帝国ではやっていけません」

「それもそうだね。後ろから急に魔法や刃物が飛んできたり、入口にトラップ式の魔道具が仕掛けられていたり……ちょっとやそっとの嫌がらせを気にしていたらキリがないよね」

「え、ええ？　イサギ様、私のいないところでそのような仕打ちを受けていたのですか？　よくご無事でしたね」

なんて笑いながら言うと、メルシアに本気で心配された。

どうやら俺が帝国で受けていた仕打ちは、嫌がらせの範疇を超えていたようだ。

帝国を抜けてからわかった衝撃の事実の一つである。

幼少期からそういった仕打ちを受けていたので感覚が麻痺していたのかもしれない。

「話が逸れちゃったけど、メルシアとしてはもっと質のいい石鹸ができたら嬉しい？」

「はい！　嬉しいです！」

メルシアの嬉しそうな顔を見て、俺は石鹸を作ることに決めた。

彼女にもちゃんとした石鹸を作ってあげたいからね。

「村にある石鹸で改善してほしいところはある？」

「もう少し柔らかく、水に溶けやすく、洗ったあとにべたつかないものがいいです。あと可能でしたらいい匂いのする石鹸がいいです」

軽く尋ねてみると、思っていた以上にスラスラと不満点が出てきた。

最初の三つは俺も気になっていたが、最後の香りという点は考えていなかったな。

個人的に思う質のいい石鹸の条件は冷水で溶けやすいか、ちゃんと洗浄力があるか、泡立ちがあるか、皮膚刺激がないかの四点だ。

プルメニア村の石鹸と比べると帝国産の石鹸は遥かに上質だが、俺からすれば水溶けの悪さや泡立ちの悪さ、べたつきといった点がまだ気になる。

どうせ自分で作るならそれらをもっと上回る石鹸を作りたい。

材料については灰、牛脂、パーム油、オリーブといったものを混ぜていき、少しずつ試していけばいいだろう。マジックバッグの中に材料はある。

ただ香りづけのための素材が足りない。

「石鹸に香りづけをするならどんなものがいいだろう？」

「花の香りなどでしょうか？」

ふむ、花であれば採取したものを錬金術で抽出すれば、アロマオイルを作り出すことができる。それらを混ぜてやれば、花の香りのする石鹸を作り上げることができそうだ。

●

「村の近くにこんな花畑があったんだ」

「ここでしたら色々な花が咲いていますので必要なものが採取できるかと」

プルメニア村の中央広場から西に向かって歩くこと二十分。

メルシアの案内によって俺は村の傍にある花畑へとやってきた。

視界には色彩豊かな花々が咲き乱れている。

風が吹く度にあちこちから葉音が聞こえ、甘い花の匂いが鼻腔をくすぐる。

花畑の中には俺たち以外にもチラホラと村人たちがいる。

子供たちが花を眺めたり、無邪気に駆け回ったりする様はとても微笑ましい。

「花を探そうか」

「はい」

俺とメルシアは花を踏んでしまわないように気を付けながら歩き出す。

とはいっても、どのような花の香りを石鹸に混ぜ込んだらいいのかわからない。

あんまり癖が強い香りだと日常生活の中で気になってしまうし、どんな香りが皆に喜ばれるのかわからない。

「お、カモミールなんていいね」

悩みながら視線を巡らせていると、不意に目についたのはよく見かける花だった。

周りにあるものよりも草丈が少し低く、白い花びらをもつ一重の花。

「甘いリンゴのような香りがしますし、とてもいいと思います」

「え？　そうなの？」

「香りで選別されたのではないのですか？」

「あはは、俺にはそういうのはわからないから、カモミールに含まれる成分で判断したんだ」

カモミールには鎮痛作用や抗炎症作用などがあるから、敏感肌や肌荒れなんかにも効果がある。そういった実用的な面で選んでみただけだ。我ながら情緒がないと思う。

「そうだったのですね。ですが、そういった実用的な成分も大事だと思います」

「ありがとう。でも、そういった効果を抜きに香りを楽しめる石鹸も作りたいから、メルシアがいいなと思ったものも持ってきてくれると嬉しいな」

俺にはどんな香りが一般的に好まれるのか、女性が喜ぶのかがわからないからね。

「わかりました。いくつか心当たりがあるので摘んできます！」

メルシアに頼んでみると、彼女は花籠を手にして意気揚々と花を摘み始めた。

そんな彼女を横目に俺は見覚えのある花を採取していく。

やはり、獣王国に咲いている花は帝国とはまったく違うな。

周囲にはたくさんの花が咲いているが、俺が知っている花はほとんどない。

それがどんな成分で構成されているかを見抜くことはできても、どんな効能があるかは調べてみないとわからない。

身近にあるものがどんなものかわからないっていうのは、錬金術師としてむず痒い気持ちになってしまう。あとでメルシアに植物図鑑がないか尋ねることにしよう。

具体的な花の種類がわからない俺は知っているものを中心に採取をする。

ローズマリー、ミント、チェリーセージ……どれも効能重視のものである。

若干の香りの癖はあるかもしれないが、そこは錬金術で香り成分を抑えることで一般人でも使いやすいと思える程度に仕上げることができるだろう。

このくらいあれば、十分だろう。

採取を切り上げて立ち上がる。軽く周囲を見渡してみるもメルシアの姿は見えない。

おそらく、まだ採取をしているのだろう。

メルシアを探して歩き回っていると、ラベンダー畑に彼女はいた。

紫色の小花があちこちで咲く中、メルシアが真剣な表情で花を摘んでいる姿は、まるで絵画のような美しさがあった。艶のある真っ黒な彼女の髪とラベンダーの紫が非常に映える。

「あ、イサギ様、こちらのラベンダーなどいかがでしょう？　花らしいフローラルな香りがするので石鹸に混ぜても合うと思います！」

「本当だね。とても綺麗だし、いい香りをしているよ」

柔らかく嗅いでいるだけでリラックスできる。

ほんのりと甘い香りがする中、上品さのような匂いがある。

メルシアのイメージにとても合っている気がした。

ラベンダーだけでなく、他に採取した花がどんな香りをしているかメルシアは丁寧に説明してくれ、いくつかの種類の花を摘んで帰ることにした。

「こうやってお花を摘むのは随分と久しぶりでした」

「確かに。子供の時以来だった気がする」

俺が錬金術師になる前、孤児院にいた時以来かもしれない。

帝国には帝家が管理する花畑があったけど、俺はそちらに入れてもらえなかったからね。

「余裕があれば、農園で花を育ててみるのもいいかもしれないね」

「とても素敵だと思います」

アロマオイル以外にも、薬、ハーブティー、入浴剤と花には色々な使い道があるけど、もっと身近な場所でこの光景を再現してみたいという気持ちも大きかった。

22話　宮廷錬金術師は石鹸を作る

花を採取して戻っていた俺は早速工房で石鹸作りに励むことにした。

まずはアロマオイルだ。採取した花から香りを抽出する必要がある。

カモミール、ラベンダー、ミントなどの花の汚れをメルシアに清潔な布でとってもらう。

その間に俺は三種類の釜を用意して水を注ぎ入れると、自らの魔力を流して込んで魔力水を生成。

魔力水はポーションなどを生産する時に使う、魔力純度の高い水だ。

自らの魔力を使用した水を使用することによって、素材への干渉力を高めたり、効力を引き上げる効果を持つ。

メルシアが花を綺麗にすると魔力水に浸し、それぞれの釜の中で十分ほど放置。

花びらに俺の魔力が馴染んだところで、釜に火をつけて加熱。

加熱した蒸気を魔法で冷却し、液体へと変化させる。

その際に錬金術で不純物を除去しつつろ過。さらに芳香成分だけを抽出し、エッセンシャルオイルを作り上げた。

「いい香りですね」

「でも、このまま使うのは刺激が強すぎるから、魔力水を加えて希釈するよ」

魔力水で希釈することによって出来上がったのがアロマオイルだ。

「それぞれの濃度を表記して小分けにしますね」

「ありがとう」

メルシアがそれぞれの濃度を記入し、小瓶へと封入してくれる。

希釈した濃度によって石鹸の香りも変わるだろうし、ちょうどいい値を見つけることができたら次に作るのも楽になるだろう。

アロマオイルが完成したら、魔力水の中に灰を入れてかき混ぜ、魔法で冷却する。

パーム油、オリーブオイル、ココナッツオイルなどを混合したオイルを湯煎すると、それらをじっくりとかき混ぜる。

液体がクリーム色に変化したら容器ごとに分けて、先ほど作り上げたカモミール、ラベンダー、ミントなどのアロマオイルを入れて混ぜる……のだが、これが中々重労働だ。

「私がやりましょうか？」

「いや、数も多いし、ゴーレムに任せるよ」

俺はマジックバッグから石材を取り出して、錬金術でストーンゴーレムを三体作り上げた。

「ゴーレムがいつもよりも小さいですね」

ただいつもと違うのはゴーレムが半分以下の身長しかないということだ。

これは決して素材が足りなかったとか、俺が素材をケチったというわけではない。

「かき混ぜてもらうだけだからね」

ちょっとした雑用を手伝う程度であれば、農園に配備されているゴーレムほどの大きさは必要ないからね。あんまり大きいゴーレムを作ると、工房の床が抜けちゃいそうだし。

ゴーレムに指示を飛ばして、ボウルの中でひたすらに石鹸の原液をかき混ぜてもらう。

やっぱり、単純作業はゴーレムにお願いするのが一番だな。

十分ほどかき混ぜてもらっていると、ボウルの中の原液にとろみがついてきたので、型へと流し込んで蓋をした。

通常なら原液が固まるまで一日放置するところだが、俺には錬金術がある。

そのまま錬金術で保温し、蓋を外してひっくり返すと、凝固した石鹸が出てきた。

「イサギ様、石鹸のカットは私にお任せください！」

「うん、いいよ」

メルシアが買って出てくれたので任せることにした。

どうやって切るのだろうと見守っていると、彼女は懐から細長い糸を取り出した。

……糸？

俺が疑問符を浮かべていると、メルシアは石鹸にするすると糸を巻き付け、それを外側へと引っ張る。それだけで石鹸が綺麗にスライスされた。

断面がとても綺麗な上にすべてが同じ大きさにカットされている。

「何今の？」

「キングスパイダーの糸です！」

いや、尋ねているのはどうやって糸を扱ったら、そんな風に一気に切れるのかとか、何で糸をそんな風に使いこなせるかなんだけど。

相変わらずうちのメイドは何でもできる。

「さて、通常なら風通しのいいところで一か月ほど乾燥させ、熟成させる必要があるけど、錬金術があれば必要ないね」

カッティングされた石鹸に錬金術で乾燥、熟成を施す。

すると、それぞれの色合いがオイルの色へと変化して定着。

「これで石鹸の完成だ」

カモミール、ラベンダー、ミント、三種類の香りづけがされた石鹸が出来上がったわけだ。

「早速、使ってみましょう！」

「そうだね」

三種類の石鹸を手にメルシアと俺は洗面台へと向かう。

こんなにもテンションの高いメルシアは初めてかもしれない。

新しい石鹸が出来上がったのがよっぽど嬉しいのだろう。

「まずはカモミールから」

メルシアと一緒にカモミールの石鹸を使ってみる。

水を流してこすってみると、手のひらの中で泡が次々と生まれる。

「イサギ様、すごいです！　少量の水でこんなにも泡が……っ！」

「うん、いい感じの水溶け具合だ」

俺の作った石鹸は、お湯を使っていないのにすぐに泡立ってくれる。

今、使っているプルメニア産の石鹸とは大違いだ。

「うん、帝国産のものよりも断然いいね」

「私もそう思います！　香りもいいですから！」

灰っぽい匂いや脂っぽい匂いもしない。

新しい石鹸には甘いリンゴのような香りがふんわりと漂っていた。

「洗浄力も抜群ですね！　洗うと手がスッキリとします！」

「べたつきもないね」

洗い残しはもちろんのこと、妙な脂のこりもまったくない。

不快なべたつきとは完全におさらばだ。

カモミールを試すと、そのままラベンダー、ミントも試してみる。

どちらも水溶け、洗浄力は抜群で、使っていてもすぐに肌の刺激を感じるようなことはない。

清涼感のあるミントの香りと、フローラルなラベンダーの香りに包まれて、実に幸せだった。

「念のためにパッチテストをしておこうか」

天然由来のシンプルな素材を使っているので刺激は控えめであるが、肌に合わない可能性もある。

三種類の石鹸を泡立てると、二の腕の辺りに少しだけつけて放置する。

「どう？　肌は平気？」

「特に異常はありません。イサギ様は？」

「俺も大丈夫だよ」

十分ほど泡を放置してみたが、俺たちの肌にこれといった異常は見られなかった。

「うん、これなら問題なさそうだね」

肌は人によって個人差があるが、俺たちが使い続ける分には問題ないと証明された。

これなら手を洗う度に嫌な気分になることはない。古い石鹸とはおさらばだ。

工房、家の洗面台、厨房といった水回りに石鹸を配置する。

「たくさん作ったから余ったね」

たった一つの原液から二十個以上の石鹸が作れてしまうので無理もない。

切り分けた石鹸一つで二週間は保つし、うちだけで使うにはかなり多い。

「実家や従業員の皆さんにお裾分けをしてきてもいいですか？」

「うん、いいよ。パッチテストはするようにね」

まだまだ石鹸はたくさんあるし、他の花を使って石鹸も作ってみたい。

うちだけで使い切るには途方もない時間がかかりそうなので、周りの人たちに配ってしまおう。

メルシアは香りづけした石鹸を包むと、お裾分けをするために工房を出ていった。

「さて、俺は他の香りの石鹸を作ろうかな」

どの程度の希釈具合で香りに違いが出るのかデータも取っておきたい。

工房に一人残った俺は石鹸作りを再開することにした。

23話　宮廷錬金術師は石鹸を販売する

工房にこもること小一時間。

俺はアロマオイルの希釈具合を調整したり、他の花のアロマオイルで香りづけした石鹸を作ったりしていた。

「やっぱり、手洗い用の石鹸として使うなら濃度は０・５パーセントで十分だね」

それ以上は肌への負担が多いし、その濃度で十分に香りがある。

他のアロマオイルでもそれは同じなのでこの割合を基準にすることにしよう。

ただフレグランスなどの肌に塗布しないものであれば、一パーセントから二パーセントでよさそうだ。その辺りはメルシアに相談しながら作っていくことにしよう。

一息ついたところで俺は両腕を天井へと上げて伸びをした。

凝り固まった背中の筋肉がほぐれて少し身体が軽くなる。

区切りがいいし、一旦この辺りで作業を中断しよう。

そう思ったところで工房の入口が力強く開けられた。

「え？」

工房に入ってくるような人物はメルシアしか思い浮かばないが、彼女はノックもなしに入ってこないし、乱暴に扉を開けるような真似はしない。

驚いて振り返ると、シエナ、ネーア、ノーラといった農園の従業員だけでなく、販売所の従業員たちが並んでいた。なぜか男性従業員はおらず、押しかけてきた人たちはすべて女性だった。急に工房に乗り込んでくるなんてどうしたんだろう？

「あ、あの、皆さん急にどうしたんです？」

「イサギさん！　この石鹸使わせてもらったわ！」

おずおずと尋ねると、先頭に立っていたシエナが石鹸を手にして口を開いた。

それは少し前に俺たちが作った改良版の石鹸であり、メルシアが配り歩いたもの。

ああ、何だ。わざわざ石鹸の感想を言いに来てくれたのか。

てっきり農園の待遇や仕事内容に大きな不満があって、皆で抗議しに来たのかと思ったよ。

「錬金術で作ってみたんですが、いかがです？　以前のものよりも改良したつもりなんですが……」

「すごいなんてもんじゃないわ！　こんなに水溶けもよく、べたつきもしない上に香りがいい石鹸なんて初めてよ！」

「ありがとうございます！　そう言ってもらえると改良した甲斐（かい）があります」

賛辞の言葉に照れていると、シエナがそのまま近づいてきてガッと両肩を掴んだ。

「で！　肝心な話なのだけど、これはいくら作れるのかしら？」

「え？　どういうことですか？」

「私たちはこの石鹸を使い続けたいのよ」

「こんな上質な石鹸を使ってしまったら以前の石鹸になんて戻れませんわ！」

「そうだよ！　イサギさん！　あたしたちをこんな風にした責任取って！」

シエナ、ノーラ、ネーアが口々に意見を主張する。

なんかネーアの言い方は酷い誤解を招きそうだからやめていただきたい。

「すみません、イサギ様。石鹸が想像以上に好評で暴走を止められませんでした」

皆の意見を聞いていると、メルシアが慌てた様子で戻ってきた。

「とりあえず、皆さんの要望としてはもっと多くの石鹸が欲しいってことですよね？　ちょうど追加分があるので欲しい方は買っていってもらえればと！」

「いくら？」

「一つで銅貨二枚、六個入りで銅貨十枚です」

俺が値段設定に悩んでいると、メルシアがさらっと答えてくれた。

原価自体はかなり安く、作成に時間がかかるわけでもない。

そのくらいの値段で十分に利益が出るな。

村内の物の値段をしっかりと把握しているメルシアの値段設定なら間違いはない。

「メルシアちゃん、家族のよしみでもう少し安くならない？」

「ダメです。これ以上の値引きはイサギ様の労力に見合いませんし、技術の安売りはできません。まとめ買いによる割引で納得してください」

「我が娘ながらしっかりしているわね。じゃあ、六個入りを三つちょうだい」

「申し訳ありませんが、この石鹸は大変人気になる予定ですのでお一人様一つまでとさせていただきます」

「メルシアちゃん！　しっかりしているのはいいけど、その厳しさにお母さんは泣いちゃいそうよ⁉」

「冗談です。最初のお客様である皆様には特別に個数制限はなしにしておきます」

メルシアはクスリと笑うと、個数制限は一時的に撤廃してシエナたちの買い求めに応じた。

メルシアが銅貨を受け取り、石鹸をカッティングしていく。

工房がいつの間にか臨時販売所に早変わりだ。

俺はカットしたものをプラミノスケースに梱包して、シエナたちに渡した。

「ありがとうね、イサギさん。これでしばらくは石鹸に困ることはないわ」

「喜んでいただけて何よりです」

「ねえねえ、イサギさん。この先も石鹸の販売予定はあるの？」

ネーアが期待するような眼差（まなざ）しを向けてくる。

「そうですね。少しずつ販売所で売っていこうかと」

「これだけ素晴らしい石鹸であれば、売れるのは間違いありません。是非とも販売いたしましょう！」

「あ、はい」

何せ販売所のリーダーは目の前にいるノーラだ。

メルシアと彼女が反対しなければ、販売所での販売に文句の声があがることはない。

こくりと頷くとシエナたちは満足げな表情を浮かべて工房を出ていった。

「まさか、石鹸にこんなに強い反応を示すとは……」

「それだけイサギ様が作った石鹸は素晴らしいということです」

別にこんな風に売り出すつもりはなく、うちうちでいい石鹸を使えたらいいな程度に思っていたんだけどな。俺は女性の美に対するアンテナを甘く見ていたのかもしれない。

「石鹸の数も減ったな」

濃度の実験用にたくさん作ったはずなのにテーブルの上には僅かな数しか残っていなかった。

「販売所で売るにしろこれだけじゃ足りないよね？」

「足りません」

だよね。たった三人であれだけの数を買っていったんだ。他の村人も同じくらいは買っていくと考えていいだろう。

「急いで石鹸を生産した方がいいかと思います」

メルシアの推測によると、さっき買っていったシエナ、ネーア、ノーラが親戚や友人にも配って宣伝するだろうとのこと。そうなると、さっきのシエナたちと同じような現象が起きる可能性が高いらしい。

さらに規模が増えて押しかけられるとさすがに困る。

というか、そうならないように販売所があるわけだからな。

早めに石鹸を生産し、販売所に並べておく方が精神的な面でも安心だ。

そんなわけで俺とメルシアは販売所で販売するための石鹸を作り続けることにした。

●

翌朝。朝食を済ませた俺とメルシアは石鹸を手にして販売所にやってきた。

早朝ということもあってか販売所はまだ開店していない。

しかし、採れたての作物を陳列するために販売員が野菜の選別や梱包などを行っていた。

静謐な空気が流れる中、開店のための準備をする姿はいつ見ても好きだな。

「おはようございます、イサギさん。今日はどうされました？」

「早速、石鹸を販売しようと思いまして、いくつか持ってきました」

なんて告げると、黙々と作業に没頭していた販売員たちが一斉に手を止めて振り向いた。

「まあ！　それでしたらこちらにお願いいたします！」

嬉しそうな笑みを浮かべるノーラに付いていくと、販売所の右奥に長テーブルが設置されていた。真っ白なテーブルクロスが敷かれ、立てかけている看板には俺の作った石鹸の謳い文句のようなものが描かれていた。

「なんかもう準備ができてる？」

「はい！　いずれ販売してくださるとのことで早めに準備を進めていましたわ！」

いや、いくら何でも早すぎる気が……まだ一日も経っていないんだけど。

でも、ノーラのお陰で早く販売できるってことだし、不都合はないか。

マジックバッグから梱包した石鹸を取り出す。

一個入り、三個入り、六個入りと個数を分けて、テーブルの上に並べた。

パッチテストをしっかり行うこと、肌に異常などがあればすぐに洗い流して、ポーションをかけること。もしもの時は俺のところへ尋ねることといった注意点や対処法の周知を徹底してもらうことを約束し、俺はノーラに石鹸の販売を任せることにした。

「結構な数を作ったけど全部売れるかな？」

「間違いなく売れるかと」

そんなメルシアの予想は的中し、昼頃には販売所に積み上げた石鹸は完売したのだった。

24話　宮廷錬金術師は恋人を誘う

販売所の休憩室に入ると、冷風機の効いた室内のソファーでネーアがくつろいでいた。

「ネーアさん、お疲れ様です」

「お疲れー。今日も石鹸の補充？」

「はい。想像以上に盛況みたいで……」

石鹸を販売してから一週間が経過した。

初日ほどの勢いはないものの、どこの家庭も石鹸が足りないようで並べたら並べただけ売れる勢いだ。

「もうすべての家庭に行き渡っているはずなんですけどね」

この一週間で俺とメルシアは村人の人口を上回るほどの石鹸を作ってきた。

石鹸が消費物であり、家庭によっては複数設置する必要性は理解しているが、それにしても売れる数が多いと思う。

「イサギさんの石鹸はただ質がいいだけじゃなく香りも豊富だからね。特に女性なんかは全部の種類を集めてストックしたがると思うよ？」

「なるほど」

「それに夏に咲く花なんかは季節が過ぎると手に入りにくくなるでしょ？　だから、大好きな季節の香りを溜めている人は多いと思うな」

確かにカモミールやラベンダーは夏に咲く花だ。

秋や冬になると手に入れることは難しくなる。

今あるアロマオイルが尽きてしまえば、他の季節に生産することはできない。

そこまで考えて購入するとは賢いな。

「ねえ、イサギさんとメルシアは付き合ってるんだよね？」

村の女性たちの購買意識に感心していると、ネーアが唐突に尋ねてきた。

「急にどうしたんです!?　まあ、付き合ってますけど……」

「うーん、なんか二人を見ていると、仕事ばっかりでぜんぜん恋人同士って感じがしないんだよねー」

「そう言われましても……」

まあ、メルシアとは帝国時代からの仲で、一緒に仕事をしている期間が五年くらいはある。

関係性こそ変化し、同居こそしているものの、付き合う前から家に通って身の回りの世話をしてくれたし、生活が激変したわけじゃない。

第三者の視点から見ると、何か変わったように見えないのも無理はない。

「最近二人で一緒に出かけた？」

「お出かけなら結構な頻度で行っていますよ」

「どこどこ？」

ネーアがソファーの上で姿勢を正し、瞳に好奇心を宿しながらこちらを見つめてくる。

「足りない素材を採取するために二人で森に入ったり、アロマオイルに必要な花を採取するために花畑に行ったり」

「ちっがーう！　そういうのは二人で仕事してるだけでデートでも何でもなーい！」

「ええ？　二人っきりで出かけていますし、デートなのでは？」

「仕事が絡んでいたらそれはデートじゃないよ！」

そうなのか。俺的に二人で出かけられればそれで満足だったたし、花の採取なんかは結構恋人らしいことができたと思っていたんだけど、一般的な感覚ではデートではないらしい。

「え？　じゃあ、俺メルシアと一度もデートっぽいことしてないかも……」

仕事を抜きにして二人きりで出かけた覚えがない。

これってもしかすると、恋人として致命的なのでは？

「イサギさん。明日、メルシアとデートしてきなさい！」

立ち上がり、こちらをビシッと指さしながら告げるネーア。

「デートって言われても、具体的に何をすればいいんでしょう？」

気が付いた時には既に孤児であり、その日を必死に生き抜くための路銀を稼ぎ、魔力を知覚してからは錬金術師の工房で見習いとして働く日々。そんな幼少期を過ごしてきた俺は世間的な男女が経験していることを一切していなかった。だから、デートと言われても何をすればいいのかわからない。

「村にいたらいつもと変わらないし、仕事なしでミレーヌにでも行くのはどう？」

以前は新生活に必要なもの、錬金術に必要なものを仕入れに行っただけに、あの街の豊かさは知っている。あそこなら行ったことがあるし、通りを歩いているだけで楽しめそうだ。

「ありがとうございます、ネーアさん。早速、誘ってみることにします」

「二人のデートが成功することを祈っているよ」

ネーアは親指を立ててサムズアップすると仕事へと戻っていった。

●

ネーアと別れた俺は自宅に戻ってきた。

「お帰りなさいませ、イサギ様」

「あれ？　農園の仕事は？」

「午前中に終わらせました。ここ最近は身の回りの清掃が疎かになっていたので、ここらで引き締めたいと思いまして」

「そうなんだ」

家を見渡してみると、これといって散らかった部分はない。埃が積もっているようなところもないし、水回りだって綺麗だ。そこまで力を入れるほど汚れているわけでもないが、メルシアには我慢できないラインに迫りつつあるらしい。相変わらずメルシアは目標が高い。

家にいてくれて嬉しいような、心の準備が整っていないのでいてほしくなかったような複雑な気分。

いや、変に時間があると、照れくさくなったり、緊張したりして誘えない可能性がある。

やっぱり、ここは勢いのあるうちに誘ってしまおう。

ゆっくりと深呼吸をする。唇が乾燥するのを感じながら口を開いた。

「メルシア、明日ミレーヌに行かない？」

「いいですね。何か仕入れたい素材があるのですか？」

マグカップを拭いていたメルシアが振り返る。

俺としては勇気を出しての誘いなのであるが、メルシアには何ら動じた様子はない。

これはデートとかそういうんじゃなく、仕事だと思われているパターンなのかもしれない。

「いや、特にそういうものはないよ」

「⁇　でしたら、何のためにミレーヌに？」

「メルシアと一緒に出かけたいからだね」

「えっ――わわっ！」

驚きのあまり手元にあるマグカップを取り落としそうになる。

それだけ彼女にとって衝撃だったのだろう。

「大丈夫？」

「だ、大丈夫です」

「え、えっと二人きりで出かけたいというのは、デートということでしょうか？」

「うん。そうだね」

「イサギ様とデート……」

頷いて肯定すると、ようやく現実味が湧いてきたのかメルシアが反芻するように呟く。

「無理だったら断ってもらっても大丈夫だからね？」

農園の管理、販売所の補佐に加え、俺の助手、身の回りのお世話を行っているメルシアは、俺よりも多忙といっても過言ではない。

急にデートなどに誘われても対応できず、困惑しているかもしれない。

「い、いえ、空いています！　仮に空いてなくても何よりも優先いたしますので！」

「よかった。じゃあ、明日はそういうことで」

「は、はい！」

何となくメルシアと顔を合わせているのが気まずく、俺は逃げるようにして工房へと戻る。

……ふう、何とかメルシアをデートに誘うことができた。

ちょっと困惑している感じはあったけど、嫌がってはいなかったよね？

いや、そもそも嫌がるようだったら俺と恋人になんてなっていないだろうし、そうだと信じたい。

普段なら魔道具の設計図を考えたり、素材の下処理なんかをするところだが、明日のデートが楽しみで何も手につかない。浮ついた心で繊細な作業をすれば、思わぬミスをしてしまいかねないので生成が比較的楽な石鹸でも作っておくことにしよう。

跳ね上がりそうになる心を作業に没頭することで抑えつけていると、夕方頃に工房の扉がノックされた。

返事をすると、メルシアが入ってくる。

「イサギ様、本日は実家に戻らせていただきます」

「え？　急にどうしたの？」

急にデートに誘ったのが気持ち悪く、実家に帰りたくなったのだろうか。そんな被害妄想に近い思考が脳裏をよぎった。

「あ、いえ。私も明日に備えて準備をしたいので……」

「ああ、そっか。ごめん」

我ながら野暮なことを聞いてしまったものだと思う。

そうだよね。女性だし、出かけるための衣服とか化粧とかあるよね。

ということは、メルシアのメイド服以外の姿が見られるかもしれない。

その事実に興奮しそうになるが今その気持ちを噴出させるのはやめておいた。

というか、俺も服を考えないとマズいな。

さすがにいつもの服装だと特別感がないだろうし。俺も考えないといけない。

「イサギ様の夕食は作っておりますので。召し上がりたくなったら温めてください」

「ありがとう」

既に清掃を終えている上に、俺の食事まで用意してくれている。

本当に至れり尽くせりである。

「それでは私はこれで」

「うん」

「明日、楽しみにしています」

はにかむような笑みを浮かべると、メルシアはゆっくりと工房の扉を閉めた。

明日が楽しみだ。

25話　宮廷錬金術師は恋人と出かける

翌日の朝。

予定時刻よりも早くに起きることができた俺は、メルシアを迎えに行くことにした。

「いらっしゃーい」

「どうも」

家の扉を叩くと、とてもいい笑みを浮かべたシエナが扉を開けてくれた。

娘と義理の息子に当たる俺が二人きりで出かけるのが嬉しくてたまらないといった様子だ。

いつもとは違う俺の服装に敢えて触れてこない辺りが、いい性格をしていると思う。

「メルシアは？」

「すぐに呼んでくるわね」

端的に用件を切り出すと、シエナは家の中へ引っ込んでいった。

ほどなくしてシエナと共にメルシアが出てくる。

「お、お待たせしました。イサギ様」

その装いはいつものメイド服姿ではない私服姿。

パステルカラーのブルーのカーディガンが爽やかな夏らしさを演出し、白いワンピースが清(せい)

楚(そ)さを醸し出している。どちらも艶やかな黒い髪をしているメルシアにピッタリの色合いだった。

私服姿も絶対に可愛いと予想していたが想像以上だ。あまりの破壊力に言葉を失う。

「………」

「あの、変じゃないでしょうか？」

見惚れていると、メルシアがどこか不安そうにしながら尋ねてくる。

いつもは凛(りん)としているのに私服になった途端に気弱になっているのが可愛い。

「変じゃないよ。すごく綺麗だ」

「あ、ありがとうございます」

断言すると、メルシアは頬を赤く染めた。

「イサギ様の私服姿も素敵だと思います。いつもとは違ったカッコよさがあります」

「ありがとう」

俺も今日は宮廷錬金術師のローブではない。

白のカッターシャツに茶色のベストを羽織っており、黒のパンツを穿(は)いている。

私服姿の俺が珍しいのかメルシアも俺の姿をまじまじと見つめていた。

そして、そんな俺たちの様子をシエナがニマニマと見ている。

初々しい俺たちの様子が楽しくて仕方がないのだろう。

「それじゃあ、行こうか」

「は、はい！」

シエナの視線から逃れるように出発を促す。

「門限は気にしないでね。何なら帰ってこなくても大丈夫よ～」

「母さん！」

さすがに初めてのデートでそこまでする勇気はない。

メルシアが声をあげると、シエナは逃げるようにして家に戻っていった。

玄関の方を見てメルシアが唸り声のようなものをあげていたので、俺は宥めつつも出発を再開させた。

「何だかとても視線を感じます」

「揃っていつもとは違う服装をしているからね」

ケルシーの家は中央広場から近い位置にあるので必然として人通りが多い。

いつもとは明らかに違う服装を纏っている二人が並んで歩いていれば、それはもう明らかにデートだとわかってしまうわけで。生暖かい視線があちこちから飛んできている。

「正直なところイサギ様はいつもと同じ服装でいらっしゃるかと思っていました」

「さすがに俺でもこういった時は、服装を変えた方がいいってわかるよ」

昨夜メルシアが準備のために実家に戻るというまで、すっかり頭から抜けていたというのは内緒だ。男には見栄を張らなければいけないタイミングがある。

「あまり衣服を買っている姿を見たことがなかったのですが、いつの間にそのような服を？」

「元は宮廷勤めだったからこういった服装は一式持ってるよ」

「そうだったのですね」

とはいってもそういう催しに呼ばれることはほとんどなく、マジックバッグの肥やしになっていたんだけどね。

「メルシアこそ私服を買っているイメージはなかったけど？」

「カーディガンは私物ですが、ワンピースは母のものを借りました」

「そうだったんだ」

「デートのために服くらいきちんと自分で用意しなさいと母に怒られてしまいました」

「じゃあ、ミレーヌに着いたら服屋に行こうか」

「そうですね。私もイサギ様に似合う服を身繕ってみたいです」

弾んだ声で返事をするメルシア。

自分のためのデート服よりも、俺のための衣服を選びたがるところがメルシアらしい。

「ミレーヌまでゴーレム馬で行こうか」

「後ろに乗ってもいいですか？」

「いいよ」

ミレーヌまでは比較的平坦な道が多いので俺でも安全に操縦することができる。

俺が先に乗っかると、メルシアが後ろに乗り込んだ。

「あ、あのメルシアさん？」

落ちないように腕を腰元に回すのは仕方がないと思うが、ピッタリと密着する必要はないはず。

「今のイサギ様は私の恋人ですから。嫌だったでしょうか？」

首を横に振ると、俺はペダルを踏み込んでゴーレム馬を走らせた。

「そ、そんなことはないよ。それじゃあ、出発するね」

メルシアと密着しているため、彼女の体温がダイレクトに伝わってくる。それにいつものメイド服とは違って生地が薄いため、柔らかい膨らみによる感触をより感じる。

彼女の息遣いが耳元のすぐ傍で聞こえ、アロマオイルを使っているのかほのかにラベンダーのいい香りがした。

……これは俺の理性が試されているのかもしれない。

ミレーヌまでの道のりが別の意味で過酷になった。

ゴーレム馬に乗って進むこと一時間半。

俺たちは久しぶりにミレーヌにやってきた。

「イサギ様がこちらにやってくるのは果物を販売した時以来でしょうか？」

「うん。だから、ちょっと久しぶり」

メルシアはちょくちょく買い出しにやってきているが、俺はその時以来一度も足を運んでいないからね。期間にして四か月も経過していないくらいだが、大通りに並んでいる店舗の景色が記憶と違った。人気な立地なだけあって入れ替わりが激しいのだろう。

「まずは適当に歩いてみてもいいかな？」

「もちろんです」

一緒に服屋に行くことは決まっているが、その前に久しぶりに街並みを眺めてみたかった。

メルシアの許可が貰えると、俺たちはゆっくりと歩き出す。

舗装された地面はとても綺麗で煉瓦造りの建物が多く並んでいた。

通りを行き交う種族の割合は八割が獣人族。人間族が一割、エルフ族とドワーフ族を合わせて残りの一割といったところだろう。

「巡回をしている兵士が多いね」

「レディア渓谷の砦に駐留できなかった半数以上の獣王軍がミレーヌに駐留していますからね」

若干戦士の数が多く見受けられるのは帝国の影響だろう。

何はともあれ、ミレーヌには大きな影響はなかったようでよかった。

「うん？　あの辺りだけ異様に並んでいるね？　何だろう？」

大通りを進んでいくと、一か所だけやたらと行列のできている店があった。

尋常じゃない列だ。一体、人々は何を目当てに並んでいるのか非常に気になる。

「見てみますか？」

「うん。行ってみよう」

メルシアは何かわかっている風だけど、俺にはわからない。

行列の正体を確かめるために足を向けてみる。

「今日はイサギ大農園の果物が入荷だ！　この世のものとは思えないほどの甘さを誇る果物の数々！　数量限定だから一人一個で頼むぜ！」

「春の果物セットを一つくれ！」

「こっちは夏の果物セットを一つちょうだい！」

行列ができているのは青果店。行列の原因はうちの農園で作った果物のようだ。

「うちの農園の果物がここまで人気だとは……」

「驚きましたか？　うちの農園の果物はとても人気なのですよ」

メルシアがクスリと笑いながら言う。

目の前では次々と客が果物セットと引き換えに代金を払っていく。

ミレーヌの青果店に農園の作物を卸していることは知っていたが、ここまでの行列ができるほどに人気だとは思っていなかった。

しかし、ある程度の客がはけたところで果物セットは売り切れてしまい、多くの行列客が項垂れる結果となる。

「あれ？　ミレーヌに出荷している果物って、そんなに少ないの？」

「いえ。出荷量を敢えて調整することで稀少性を高め、ブランド化を高めております。イサギ様が望むのであれば、出荷数を増やすこともできますが……」

「ブランド化を損なわない範囲で増やしてあげて」

甘い考えだとはわかっているが、やはり大勢の人に食べてもらいたい。

利益を追求することも大事だが、そればかりに夢中になってうちの農園の信念を曲げることはしたくなかった。

「かしこまりました。そのように進めます」

「ごめんね。無理を言って」

農園の経営を主に取り仕切っているのはメルシアだ。彼女にも考えがあって作物を売り出しているわけで、さっきの俺の要望はそれを捻じ曲げることになる。

「いえ、気にしないでください。そもそもイサギ様の農園は世の中から飢えをなくすために作ったものですから」

「ありがとう、メルシア」

「ただそのためにはお金も必要なので現実的なラインは守らせていただきます」

「あ、はい。その辺りはお任せします」

俺たちには農園を存続させ、農園に関わる従業員たちを養うという使命がある。

信念を貫くためにもお金は必要だからね。綺麗事だけでは生きていけないのだ。

「メルシアはどこか行きたいところはある？」

ひと通り、街の風景を眺めて満足したところで俺はメルシアに尋ねてみる。

「中央区画の方に服屋がありますので行ってもいいでしょうか？」

「うん、いいよ。行ってみよう」

メルシアの希望に頷くと、俺は中央区画の方に足を進めた。

26話　宮廷錬金術師は衣服を買う

「メルシアの服を先に見よう。入りたいお店があったら遠慮なく言って」

「では、お言葉に甘えて。あちらの店に行きたいです」

メルシアが指さしたのは大通りに面している女性用の服屋だ。

黒い屋根をした煉瓦造りの建物をしているが、内装は主に木造となっており温もりを感じるデザインだ。

しかし、店内にいるのはほとんど獣人族の女性なので男性である俺にとっては少し敷居が高い。

「俺は端っこに座っていようかな」

ちょうどフロアの端っこに休憩用のイスがあるので、そこに腰かけて待っておくのはアリだろう。

しかし、そんな俺の退避行動は遮られる。

「できれば、イサギ様にも選んでいただきたいのですがダメでしょうか？」

メルシアが袖を掴み、こちらを見上げてくる。

その頼み方は卑怯（ひきょう）だと思う。

「わかった。一緒に見ようか」

「ありがとうございます！」

こくりと頷くと、メルシアが嬉しそうに笑みを浮かべた。

棚にはシャツや長袖シャツを中心としたものが畳まれており、壁際にあるメタルラックやクローゼットの中にはワンピースやジャケットなどが掛けられている。

「メルシアはこういうお店によく来るの？」

「いえ、実は初めてです。母さんにオススメされてきました」

「あ、そうなんだ」

数ある中からすぐにお店を選んでいたので、何度か来たことのあるお店なのだとばかりに思っていた。

「ここのお店はシンプルで綺麗めな服が多いとのことです」

「確かにこういった服はメルシアに似合いそう」

さすがは母親。娘がどんな服を着れば、似合うかわかっているんだな。女子力が高い。

二人で店内を軽く一周すると、メルシアがいくつかの衣服を手に取る。

彼女はそれぞれを吟味するように眺めた。

「試着してみたらどうかな？」

すごく悩んでいるようだが、実際に着てみた方が早いと思う。

「そうですね。実際に着てみて、イサギ様に選んでもらおうと思います」

「お、おお」

きた！　デート経験に疎い俺でも聞いたことのある、女性のどっちがいいと思う問題。

数多の知人がこの難問によって恋人の機嫌を損ねてしまったと聞いた。

俺にこの難問を切り抜けることができるのか。

メルシアは店員に声をかけると、カーテンで仕切られた個室の試着室へと入っていく。

傍にあるイスに腰かけて待っていると、ほどなくして個室のカーテンが開いた。

メルシアが一着目に試着したのは白のワンピースだ。

胸元にあるポケットと黒のボタンが可愛らしい。

華やかさがありながらどこか涼しさを感じられる装いは、クールなメルシアにピッタリだ。

手元にはベージュのカバンがあり、足元はサンダルを履いている。

真っ白なだけだと寂しげな印象のあるワンピースだが、小物があることでグッとよさが強調されているな。

「ど、どうでしょう？」

まじまじと見つめていると、メルシアがおずおずと尋ねてくる。

「とても似合ってるよ」

「そうでしょうか？」

「嘘なんて言ったりしないよ。お世辞を言うほど俺は器用じゃないし」

「ありがとうございます。では、次のものを着てみます」

メルシアは頬を緩めると、カーテンを閉めて次の試着へと入る。

メイド服を着ている時はあんなにも堂々としているのに私服を着ると恥ずかしそうにしているのが面白い。

「こちらはどうでしょう？」

次にメルシアが試着したのはネイビーカラーのノースリーブワンピースだ。

ネイビーの落ち着いた色合いが、メルシアの上品さと知的さを魅力的に表現している。

一見して重苦しくもみえるが生地が柔らかいために夏でも不思議と涼しそうに見えていた。

「うん。メルシアの大人っぽい魅力がすごく出ていると思う。こっちもすごく似合っているよ」

「そ、そうですか。ありがとうございます」

素直な感想を伝えると、メルシアはまたしても頬を染めながら試着室に戻っていった。

いつもは凛としたメルシアが照れる姿はとても貴重だ。

そんな姿が何度でも拝める服屋というのは、とても素晴らしい店なのかもしれない。

「イサギ様はどれがいいと思いますか？」

緊張の瞬間だ。ここの選択を間違えてしまうとメルシアの機嫌を損ねてしまうことになる。

慎重に言葉を選ばないと。

「そうだね。どれも素敵だったけど、敢えて選ぶなら最初に着た二枚のワンピースがよかったかな」

「私もそれが気に入っていたのでそれらを買うことにします」

俺の答えを聞くと、メルシアは満足そうに二着のワンピースを手に取った。

よかった。俺の答えはメルシア的に間違っていなかったようだ。

●

「次はイサギ様の服を買いに行きましょう！」

メルシアの買い物が終わると、次は俺の衣服の買い物となる。

「とはいっても、俺に合いそうな服屋ってどんな感じだろう」

普段から衣服の買い物なんてほとんどしないし、まともにチェックもしていないのでどんな店がいいのかまるでわからない。

上質な薬草や、魔石、素材などが売っているお店ならチェックしているんだけど……。

「あちらの店などいかがでしょう？」

メルシアが指さしたお店はシックなデザインの男性用の服屋だ。

「展示されている服のタイプからイサギ様に似合うと思います」

「メルシアがそう言うなら入ってみようかな」

俺には服の良し悪しなどわからないので、メルシアがオススメしてくれるお店に入ることにした。

お店に入ると、真っ白なタイルと天井が俺たちを出迎えた。

棚やクローゼットなどは黒を基調とした色で揃えられており、どこかモノトーンな印象を与えてくる。

女性用の服屋に比べると、こちらは落ち着いた内装だし、男性客ばかりなので落ち着く。

「おっ、このローブいいなぁ」

「少し失礼します」

近くにあったローブを手に取って眺めている俺に対し、メルシアが手に取ったシャツを当ててくる。サイズを測り終わると、彼女はスタスタと棚に戻って別のシャツを吟味する。

その表情はとても真剣で本人よりもしっかりと選んでいるように見えた。

「イサギ様、試着をお願いします」

振り返ると、メルシアからドンと衣服を渡された。

シンプルなシャツやカッターシャツをはじめとして、カッチリとしたジャケットまで幅広い種類の衣服がある。

「こ、こんなに？」

なんか明らかにメルシアの試着よりも多い気がする。

「あの、メルシア……そんなに一気に試着しなくても」

「イサギ様が身に着けるものですので真剣に吟味しないといけません」

「…………」

「いけません」

「あ、はい……」

メルシアの圧に負けて、俺は大量の衣服を試着することになった。


「どうかな？」

一着目に着たのはライトブラウンのロングコートに白のカッターシャツに黒のパンツ。

シルエット自体はいつものローブ姿に近いのだが、羽織っているのがロングコートのためややシャープな印象。

「いつものローブもいいのですが、コートのイサギ様も素敵ですね！　とても似合っています！」

「ありがとう」

コートを羽織ることがあまりないのでいまいち自信が持てないけど、メルシアがそう言ってくれているということは悪くないのだろう。

いつもとは違った服装を褒められるっていうのは照れくさい。

道理でメルシアも照れるわけだ。

一着目のロングコートだけでなく、黒のテーラードジャケット、緑の外套を羽織ってみたりと俺の試着は続いていく。

その度にいつもと違った自分になったようで俺は少しだけ試着をするのが楽しいと思えた。

「お疲れ様です、イサギ様。どれもとてもお似合いでした」

「メルシアの選んだ服がよかったからだよ。ありがとう。さて、試着したものの中から買うものを選んで——」

「では、次の試着をお願いします」

七着くらい試着したのでその中からメルシアの意見を聞きながら絞り込もうとしたら、追加の衣服をドンと手渡された。

「え？　まだあるの？」

「はい。それだけでなく、まだ秋物も控えています」

メルシアの手元には秋物のセーターやコートなんかも混ざっている。

さすがにこれ全部を試着していたらかなり時間がかかってしまう。

断ろうと思ったが、メルシアの楽しそうな表情を見ると断れなかった。

世間では女性の買い物は長いと聞いていたが、まさか男性の買い物の方が長くなるなんて思いもしなかった。

27話　宮廷錬金術師は恋人とピザを堪能する

既に太陽は中天を越えている。想像以上に服屋で滞在していたようだ。

「休憩も兼ねて昼食を摂りましょうか」

「そうだね」

デート中なので疲れたなんて言葉は吐かないが、メルシアにはお見通しのようだ。

久しぶりの街に、久しぶりの買い物だったので正直とてもありがたい。

「何か食べたいものはある？」

「私が決めていいのですか？」

「うん。いいよ」

村にいる時はメルシアが料理を作ってくれることが多く、俺の食べたいものを作ってくれることが多い。だから今日はメルシアの食べたいものを一緒に味わいたいと思った。

「そうですね。では、ピザなどいかがでしょう？」

「ピザ？　聞いたことのない料理だね？　どんな料理なんだい？」

「パン生地を薄く円形に伸ばし、その上にチーズ、トマトなどの様々な具材を載せて焼き上げた料理のようです。この街の名物なのですが、一度も行ったことがなくて気になっておりました」

「へえ、美味しそうだね。それならそこにしよう」

この街の名物料理であり、メルシアが食べたいというなら異論はない。

「確かあちらの方だったかと思います！」

こくりと頷くと、メルシアはゆらゆらと尻尾を揺らして歩き始めた。

大まかな場所も覚えてある辺り、かなり行きたかった場所のようだ。

軽快な足取りをするメルシアに付いていき、通りを何度か折れ曲がると赤い屋根に黒煉瓦の二階建てのレストランがあった。

入口にはたくさんの薪が積み上げられている。

「あれです！」

「遅めの時間なのにまだ人が多いや」

「それだけ人気のようですね。どういたしましょう？　他の店にいたしますか？」

などと尋ねてくるメルシアだが後ろにある尻尾は萎れている。

ピザが食べたいのだろう。

「いや、せっかくだから待って食べようよ」

「そうしましょう！」

ピークを過ぎているからかそこまで人は並んでいない。店内を確認したところ食べ終わっているお客も何組かいたのですぐに入ることができるだろう。

俺の推測は正しく、五分ほどするとレストランに入ることができた。

店員に案内されたのは一階にある中央のテーブルだ。

フロア自体も広く、二階がある上に天井が高いので開放感がある。

木製のテーブルやイスが多く並んでおり、間隔も空いているので隣同士が気になることはない。デートにピッタリのお店だろう。

テーブルにあるメニューを手に取ると、たくさんの種類のピザが載っている。

メルシアの言う通り、パン生地の上に様々な具材が載っているようだ。

トマトとチーズを中心としたものだけでなく、野菜、キノコ、お魚を中心としたものまであり様々な種類のものがあるようだ。

「俺はマルゲリータにしようかな」

トマトソースにチーズ、バジルなどを載せたピザでこの店一番の人気らしい。

ピザを食べたことがないので、まずはベーシックなものを食べておきたい。

セットにするとドリンクとサラダがついてくるので、これで問題ないだろう。

「メルシアはどうする？」

「少々、お待ちください。今、選んでいます」

真剣な表情でメニューとにらめっこしているメルシア。

豊富な種類のピザを前にして、どれを食べるか決めかねているようだ。

「決めました！」

「どれにするの？」

「シーフードとキノコとチーズにします！」

メルシアが指さしたのは三種類。魚介が載っているものと、キノコがたくさん載っているものと、三種類のチーズが使われているピザだ。

彼女が俺よりも遥かにたくさん食べることはよくわかっているので三枚選んでも驚くことはない。

店員を呼ぶと、俺たちはそれぞれのピザセットを頼んだ。

ほどなくすると、セットについている果実水とサラダが提供された。

ベビーリーフ、ルッコラ、レタスがふんわりと盛り付けられており、その上にカットされたトマトと生ハムが載せられていた。

彩りがとても鮮やかで食べるとレタスのシャキシャキが楽しい。

ルッコラの香りと苦みが癖になりそうだ。

ほのかにかけられたブラックペッパーが舌でピリッとし、塩気の利いた生ハムが野菜との相性がバッチリだった。

「瑞々しいサラダが気持ちいいや」

「ドレッシングを使うのではなく、オリーブオイルとレモンでさっぱりと仕上げているのがいいですね。家でも美味しく作れそうです」

調理をするだけあってメルシアはお店の料理が気になるようだった。

俺にはそこまで繊細な味はわからないが、家でも食べられると嬉しいな。

お腹が空いていたこともあって、俺たちはあっという間にサラダを平らげてしまった。

「見てください、イサギ様。ちょうど生地を作っています」

「本当だ」

メルシアの指さした先では、厨房で料理人が生地を叩いて伸ばしているところだった。

薄黄色のパン生地が何度も形を変える姿は見ていて楽しい。

パン生地が円形に広げられると、スプーンでピザソースを広げ、その上にチーズ、バジルを載せていく。他のピザにはエビ、イカ、貝などを載せていた。

もしかすると、今作っているのが俺たちのピザなのかもしれない。

やがて四枚のピザのトッピングが終わると、料理人が大きな木べらのようなものを操り、円形の生地を竈（かまど）に投入していく。高熱の炎でじっくりと焼き上げるようだ。

時折、木べらを操りながら角度を調整することを繰り返すと、四枚のピザが焼き上がった。

「大変お待たせしました。ランチセットのピザです！」

大きなお皿に盛り付けられた四種類のピザ。

パン生地には焼き目がついており、離れていても小麦の匂いがする。

生地に載ったチーズがぷすぷすと音を立て、こちらも香ばしい匂いを放っていた。

「うわあ、美味しそうだね！　早速、食べようか！」

「はい！」

店員に説明され、円形状のピザカッターなるものを転がして、一口サイズへと切り分ける。

どうやらピザは手で食べるものらしいので、俺たちはそのまま手で口へ運ぶ。

火傷しそうなほどに熱いピザを頬張る。

焦げ目がつくほどに焼き上げられた生地の表面はパリッとしており、少し硬めだけど中は柔らかい。その上に載っているとろけたチーズが酸味の効いたトマトと相性がいい。

味が重くなったところでちりばめられたバジルが後味として清涼感を残してくれる。

「美味しい！」

「この街の名物料理なだけはありますね」

メルシアも頬を緩ませて感想を述べる。

どうやらメルシアも満足できる味わいだったようだ。

小さな口を動かしてパクパクと食べていく。

彼女の食べているピザはたくさんの魚介の載ったシーフードピザ。そちらも中々美味しそうだ。

「シーフードも食べてみますか？」

「食べたい！　マルゲリータと交換しよう！」

互いに一切れずつお皿に取り分けると、俺たちはピザを交換することにした。

こちらの生地にはチーズ、エビ、タマネギ、イカ、サーモンなどの具材が載っており、とても美味しそうだ。

「ッ！　こっちも美味しい！」

一口食べただけで魚介の風味が鼻腔をくすぐった。

エビ、イカ、サーモンなどの魚介の旨みがギュッと詰まっており、チーズとの相性がこれまたいい。野菜や肉だけでなく、魚介類もチーズとこんなにも合うんだ。

俺が驚きに目を見張っていると、メルシアはマルゲリータを口にした。

「一番人気だけあってマルゲリータも美味しいです。シンプルながら洗練された味のように感じますね」

しっかりと味わうようにして食べるメルシア。

マルゲリータも気に入ったようだ。

「キノコとチーズも食べますか？」

「ありがとう。食べたい気持ちはあるけど、今日はマルゲリータを食べるのに専念するよ」

「わかりました。食べたくなったら、遠慮なくおっしゃってください」

獣人族がよく利用するお店ということもあって、ピザのサイズはかなり大きい。

多分、俺の胃袋の量を考えると、一枚食べるのがちょうどいいだろう。

そんな俺の予想は正しく一枚を食べきったところでお腹が膨らんだ。

メルシアはシーフードとキノコを平らげ、三枚目のチーズピザを食べている。

先に食べ終わって暇を持て余した俺はメルシアをジッと見つめる。

「何でしょう？」

「美味しそうに食べているなって」

「私は表情があまり出る方ではないと思いますが……」

「そうかな？　よく見れば、ちゃんとわかるよ？」

彼女のことをよく知らない人がいれば、黙々と食べ進めているように思えるが、俺からすれば幸せそうに食べているのがよくわかる。

「何だか恥ずかしいです」

微笑みながら見つめていると、メルシアが照れくささを誤魔化すように視線を逸らして最後の一口を食べた。

デートに来るとメルシアの色々な表情が見られて楽しいな。

28話　宮廷錬金術師は恋人と街を満喫する

「少し歩きませんか？」

「そうだね」

お店を出ると、メルシアと俺は少し街の中を散策することにした。

長時間座っていたので少し歩きたい。

メルシアと並んで通りを進んでいると、中央広場と思われる場所に出てきた。

ミレーヌの中央広場の大部分は芝生だった。あちこちで獣人族たちが芝の上で寝転がったり、木陰で座り込んで談笑をしていたり、街の人たちの憩いの場となっているようだった。

「自然と共生する獣人族ならではの造りだね」

「帝都などに比べると、こちらの中央広場は自由です」

帝都の中央広場は石や煉瓦が敷き詰められており、中央には水の噴き出す魔道具が設置されている。洗練されている造りではあるのだが、やや無機質感が強い上に人通りも多いのであまりゆっくり休めるといった印象はない。俺はこっちの方が好きだな。

「というか、カップルが多いね」

「この街のデートスポットの一つのようです」

造りに夢中で気付くのが遅れたが、広場の中には大勢のカップルがいた。

衆目の場であるのにもかかわらずキスをしていたり、寝ながら抱き合っていたりする者が多い。

「わー」

そのあまりの熱さに俺は口を半開きにして驚いてしまう。

「獣人族のカップルは人間族に比べると解放的で熱烈な方が多いですから」

「やっぱり、そうなんだ」

この広場に集うカップルだけが熱烈なわけではなく、獣人族全体にそういった傾向があるらしい。

「こんなところで尻尾を絡めるなんて……！」

顔を赤くしたメルシアの視線の先では、獣人のカップルが尻尾を絡め合っていた。

俺からするとキスや抱擁などに比べると、接触も控えめで可愛らしいと思えるのだが、彼女的にはやや過激な光景に映ったようだ。

うーん、獣人族の価値観がわからない。

「イサギ様、場所を変えましょう！」

「う、うん」

せっかくの憩いの場だと少し腰を落ち着けようかなと考えたが、あまりにも周りのカップルが熱すぎてゆっくりとすることは難しそうだしね。

メルシアの提案に頷いて俺は中央広場から離れることにする。

そういえば、俺たちって恋人になったけど、中央広場にいたカップルのような触れ合いはほとんどしていない気がする。ちょっとした触れ合いはあるものの手を繋ぐようなことはほとんどないし、キスだって告白した時っきりだ。

同居しているもののそれ以上の関係になることもない。

獣人族は解放的で熱烈な人が多いらしいが、メルシアはそういう欲求が薄いのかもしれないな。

なんて考えながら歩いていると、不意に俺の右手が何かと触れ合った。

隣を歩いているメルシアの肩が僅かに震えた。

多分、メルシアの手だろう。一瞬だけど、とても柔らかかった。

手を繋いだりしたらとても温かい気持ちになれそうだ。

でも、世の中には恋人であっても過度な触れ合いを嫌う者もいると聞く。恋人だからといって安易に手を繋ぐのはよくないかもしれない。

そう思って気持ちを律していると、またしてもメルシアの手とぶつかった。

そして、もう一度。これはぶつかったというより、わざとぶつけているんじゃないだろうか？　俺よりも運動神経のいいメルシアが距離を誤るなんてことはしないはず。

だとしたらこうやって手で触れてくることに意味があるはず。

メルシアに視線を向けると、道が混雑しているせいで彼女のスペースが狭そうだ。

なるほど。これは歩くスペースが狭いから少し左に寄ってくれというわけだな。

スッと半歩ほど左に寄ると、なぜかメルシアが唖然とした顔を浮かべた。

「あの、イサギ様？　どうしてそうなるんですか？」

落ち着いた声音ではあるがメルシアの表情には不満がありありと出ていた。

あれ？　俺としては最適な行動をしたつもりなんだけど。

「え？　メルシアのスペースが狭いから左に寄ってくれってことじゃないの？」

「違います！」

「じゃあ、どういうこと？」

「こ、こういうことです！」

わからないので尋ねてみると、メルシアは左手を俺の右手へと絡ませてきた。

「あ、え？　手を繋いでも大丈夫なの？」

「どうしてそのように思われたのです？」

「いや、普段から手を繋ぐことはまったくなかったし、広場での反応から恋人だからといってべたべたと触れ合うのは苦手なのかなぁーって」

「いえ、本当はずっと手を繋いだりしてみたかったです」

「そ、そうだったんだ。ごめん」

ソファーに座っていたりする時、やたらと近くにメルシアが座ってきたりしていたのもタイミングを窺っていたのかもしれない。

やば、俺そんなことにまったく気付かずに過ごしていたかも。

「いえ、イサギ様がこういうことに疎いのはわかっていたことなので。奥手だった私が悪いのです」

あれ？　なんかナチュラルに俺が鈍感と言われている気がする。

まあ、本当にその通りなので文句は言えないんだけど。

「じゃあ、これからはやりたいことは素直に伝えよう。俺たちは恋人なんだから」

「そうですね。これからはドンドンと私も言います」

過去のことをくよくよと悩んでも仕方がない。

互いに手を繋ぎたいと思っているのであれば、これからはたくさん繋げばいいんだ。

俺とメルシアは手を繋いだまま街の中を歩く。

すると、視界の先に魔道具店らしきものがあった。

前回やってきた時には見当たらなかったので、つい最近できた店なのかもしれない。

咄嗟に足が向きそうになったけどやめておく。

今日は仕事とは関係なくデートに来ているのだ。デートの最中まで仕事と関係するような場所に行ってしまってはメルシアも冷めてしまうかもしれない。

「魔道具店に行きましょう」

「え？　いや、今はデート中だし」

「やりたいことがあれば、素直に伝えようとおっしゃったのはイサギ様じゃないですか」

そうだった。つい、デートということもあって遠慮してしまった。

「じゃあ、ちょっとだけ見てもいいかな？」

「はい。私も魔道具を見るのは好きなので構いませんよ」

そんなわけで俺とメルシアは魔道具店に入る。

一階建てのこぢんまりとした雰囲気だが、お店の中には所狭しと魔道具が並んでいた。

この街の錬金術師や、他の街の錬金術師が作った魔道具なのだろう。

光を発生させるテーブルスタンド、指輪から護身用の障壁を発生させるものと様々な種類がある。

「イサギ様ほどの技量であれば、街にある魔道具は物足りなく感じるのではないですか？」

「そんなことはないよ。俺じゃ思いつかない魔道具なんかもたくさんあるよ。たとえば、ここにある音の魔道具。魔力で弦を震わせて音を発生させるなんて考えたこともなかったよ」

展示されている箱型の魔道具のスイッチを押すと、内蔵されている無属性の魔石が輝いて音色を奏でてくれた。

「確かにこのようなものは初めて見ました」

「出せる音のバリエーションは少ないようだけど、素材を変えたり、工夫をしたら色々な音が出せる魔道楽器のようになるかもしれないね」

「魔道楽器ですか……帝国では絶対に作らせてくれない魔道具ですね」

メルシアの感想に思わず苦笑してしまう。

魔道具に芸術性なんかを出したら、そんなのはいいから軍用魔道具を作れと言われそうだ。

「あとは単純にデザインの違いなんかも参考になるね」

どこの国でも販売されている光の魔道具だが、この店のものはデザインが違った。

ライトの部分が蕾のようになっており、ネックの部分は弧を描き、葉っぱが生えている。

これは植物を意識したスタンドライトだろう。見ているだけで非常に楽しくオシャレだ。

「実用的な魔道具ばかりに触れてきた俺には、こういったデザイン性は低いからね。こういった作品を見て、学ぶのも大切なことだよ」

「イサギ様は努力家ですね」

「努力家というより、魔道具が好きだからね」

魔道具を作ることばかり考えているので、つい色々と考えることが多いだけだ。

「ここにあるのはデザイン性が豊かなものが多いね」

デザインの参考に何か買っていこうかなと考えていると、メルシアが熱心に魔道具を見つめていることに気付いた。

「それが気に入ったのかい？」

「あ、はい。綺麗だなと思いまして」

メルシアが見つめていたのはブレスレット型の魔道具だ。

ゴールドとシルバーのペアデザインのようで、彫刻によって精緻なデザインが施されている。

「ペアデザインみたいだし買ってみる？」

「大変魅力的なのですが、せっかくでしたらイサギ様に作ってもらったものがいいです」

「わかった。村に帰ったら作ってみるよ」

村に帰ったら気合いを入れて作らないとな。

俺は少しでもいいものを作るために店内にある魔道具を観察するのだった。

●

記念すべきデートを終えた翌日。俺はメルシアにお願いされたブレスレットを作り上げた。

「こんな感じでいいかな？」

シルバーマイマイの素材である、魔銀を錬金術で加工し、変形させて仕上げてみた。

ただ円形にするだけでは面白くないので、変形を駆使して流れるような曲線を描いてある。

もう一つはゴールデンマイマイの魔金を使用しており、こちらも同じデザインに仕上げている。

これで気に入ってくれるだろうか？

ミレーヌの魔道具店に展示してあったようなデザイン性の高いものを見たあとだと不安になってしまう。

とはいえ、魔道具としての実用性を考えると、これ以上の装飾は性能を大幅に下げてしまうことになるし。

いや、ペアのブレスレットに魔道具としての実用性なんて求めていないか？

やっぱり、もっとデザイン性の高いものにするべきかもしれない。

などと迷っていると、工房の扉がノックされた。

「どうぞ」

しまった。つい反射的に返事をしてしまった。ブレスレットを片付けてからにすればよかった。などと思うも既に遅い。

「失礼いたします」

メルシアが扉を開けて入ってくる中、俺は慌ててブレスレットを回収。

「そろそろ休憩にいたしませんか？」

「そうだね。少し休憩することにするよ」

メルシアがハーブティーを持ってきてくれたので、俺はイスへと移動した。

よかった。さっきのブレスレットは見られていないみたいだ。

「ちなみに今のはブレスレットですか？」

安心してハーブティーに口をつけたところでメルシアが口を開いた。

「み、見えていたんだ」

咄嗟にポケットに入れたのだけど、メルシアの目はしっかりと捉えていたらしい。

「よろしければ、見せていただけませんか？」

「いや、さっきのはあまりにもデザイン性が低いから別のものを用意しようと思ってて」

「確かに私はブレスレットが欲しいと言いましたが、デザイン性が高いものを欲しているわけではありませんよ？　イサギ様が私のために考えて作ってくださったブレスレットが欲しいのです。ですから……」

「わかった。メルシアがそこまで言うんだったら、見てもらおうかな」

メルシアの真摯な言葉を聞いて、俺はポケットから二つのブレスレットを取り出した。

「……シルバーのクリーンな質感とゴールドの力強い輝きがとても綺麗です。どのような素材を使われたのですか？」

「シルバーマイマイとゴールデンマイマイの殻だよ」

「なるほど。あの魔物の殻を錬金術でここまで磨き上げるとは、さすがはイサギ様です」

「ありがとう」

　真似することはできるけど、やっぱり普段使いすることを考えると、どんな服にも合うシンプルなものがいいと思った。

「メルシアはどっちの色がいい？」

「シルバーがいいです」

「じゃあ、俺はゴールドだね」

　俺がゴールドのブレスレットを着用する中、メルシアはブレスレットを抱えたまま訴えるような視線を向けてくる。

　さすがにこの状況でメルシアが何をしてほしいかわからないほどに鈍感ではない。

「つけてあげるね」

「ありがとうございます」

　俺は要望通り、メルシアの手首へとブレスレットをはめてあげる。

「どう？　サイズはきつくない？」

「問題ありません。ちょうどいいです」

「ちなみに魔道具としての効果は、護身用に障壁が展開できるようになっているよ」

「障壁ですか？　見たところ魔石が内蔵されているようには見えませんが……」

「裏側に小さな魔石が入っているんだ」

自分のブレスレットを外して、裏側を見せてみるとメルシアは驚く。

「このような小さな魔石で障壁の展開が可能なのでしょうか？」

魔道具は魔石、魔力回路、魔法文字による術式を組み込むことで作動する。

魔石を小さくすれば必要な魔力が足りなくなり、魔力回路や術式を小さくすると単一の事象しか起こせなくなってしまう。つまり、小さくなるほど複雑で強度の高い効果を起こすことが難しくなるのだ。

「魔銀と魔金には魔力が宿っている上に、魔力の伝導率もいいからね。こんなに小さな魔石でも十分な強度の障壁が展開できるんだ」

今回は魔銀と魔金という素材が魔石であり、魔力回路の役割を果たしてくれているので小型化しながらも複雑な事象が起こせるようになっている。

「そのような貴重な素材を使って作ってくださったのですね。ありがとうございます」

「喜んでもらえてよかったよ」

もう大切な人には傷ついてほしくないから。

だから、もし何かあった時は遠慮なくその魔道具を使ってほしい。

29話　宮廷錬金術師はスライムを加工する

「あ、スライムだ」

気分転換に村の中を散歩していると、道端でスライムを発見した。

――スライム。

魔物でありながらも攻撃性が低く、滅多に人に害を与えることはない。

その辺にあるものを何でも取り込んで食べる性質を利用し、農村などではゴミの処理などをしてもらうことも多い。

どこにでも出没し、世の人間が初めに目視する魔物だと言えるだろう。

「おそらく、外からやってきたのでしょう」

メルシアが近づいて持ち上げるもスライムはまるで抵抗することはない。

か弱いスライムでは獣人や人間の力に抗うことはできないし、知能が低いのでどういった状況にあるかも理解していないのだろう。ただただメルシアの胸の中で収まっている。

「よく見かける魔物だけど、一度も素材としての活用を考えたことがなかったな」

水冷服や風冷服の生産も落ち着いたし、趣味として研究してみるのも面白いかもしれない。

「研究用に捕まえますか？」

「そうしよう！」

そんなわけで俺とメルシアは散歩がてらスライムを捕まえることにした。

「どの辺りにいるかな？」

「村の中ですと小川の辺りにいることが多いです」

メルシアに案内してもらって進むと、村の中を通っている小さな川のほとりにスライムが密集しているのが見えた。

「おっ、いるね」

「捕まえましょう」

綺麗な水の周りには多くの生き物が集まる。

スライムも本能的にそれを理解して、水辺に集まっているのかもしれない。

俺とメルシアはスライムを捕まえていく。

二匹、三匹と捕まえると、外敵が現れたことを理解して、スライムたちが逃げようとするが動きが遅いため追いかけて捕まえるのは容易だった。

どこにでもいるということは素材を調達するのが簡単ということだ。

もし、スライムの素材が何かに役立つのであれば、人々の生活は一段と豊かになるだろう。

「魔石を砕きますか？」

「いや、生きたままがいいかな」

スライムの体は粘体質であり、不透明な色合いをしているので内部にある魔石を特定し、破壊してしまうことは容易だ。しかし、魔石を砕いて殺してしまうと、スライムは体積を大きく減らして、ぐっしょりと潰れてしまう。

素材としての活用法を探るには、できれば新鮮なままがいい。

「背負い籠に入れて持ち帰ろう」

生きている以上マジックバッグに収納することはできないが、スライムはほとんど暴れることはないので籠に入れるだけで十分だ。

俺とメルシアはスライムを拾っては背負い籠に放り込んで捕獲していく。

襲われる心配もないし、逃げられる心配もない。他の魔物の素材もこれぐらいに楽だったらいいのにと心から思う。

そんな風にしばらくスライムを捕獲していると、俺とメルシアの背負い籠の中がいっぱいになった。

一匹ではそこまでの重さを感じないスライムであるが、これだけたくさん集めればズッシリとした重さを感じる。

「うん。これだけ集めれば十分かな」

「思っていたよりもたくさんいました」

一つの籠に二十匹くらいは入っているだろうか。これだけの数がいれば実験をするには十分だ。

スライムの粘液は酸性分が含まれている。しかし、それはかなり微弱で人体にほとんど影響はないので触れたあとに水で洗い流せば問題はない。

手を綺麗にすると、俺とメルシアは大量のスライムを背負って工房へと戻った。

●

工房に戻った俺は捕獲したスライムたちを水魔法で洗うことにした。

水球を浮かべると、その中にスライムを放り込んで豪快に洗濯してしまう。

水球の中でスライムたちが回っている光景は実にシュールだ。

スライムたちの洗浄が終わると、清潔な布で余分な水分を拭きとっていく。

拭き終わった個体を放し飼いにしておくと、工房にある貴重な素材や魔石なんかを食べかねないので室内に仕切りを設置し、その範囲でスライムを放流することにした。

俺はスライムの一匹を手に取ると、手で触って感触を確かめる。

粘体質な体はとても肌触りがよく、突いてみるとほどよい弾力がある。

不透明な水色の体をしており、小さな魔石だけでなく、薄っすらと奥の景色も見えていた。

しっかりと観察してみると、スライムの体は九割以上が水分で構成されていることがわかる。

魔石も小さく俺たちのように臓器があるわけでもない。素材として活用できそうな部分といえば皮くらいのものだろう。

とはいえ、その肌触りと色合いには目を見張るものがある。

不純物を取り除いてやれば、もっと透明になるかもしれない。

手始めにスライムの体に手を入れて、魔石を砕いてみる。

すると、スライムは突如力を失ったかのように形状を崩し、水っぽくなってしまった。

体に触れてみるも、先ほどのような肌触りと弾力は失われ、皮に皺も入っていた。

「やっぱり、魔石を潰すと素材が劣化しちゃうな」

できれば、鮮度を維持したまま加工したいので、このように素材が劣化されるのは困るな。

「砕くのがダメなのであれば、抜き取るのはいかがでしょう？」

「え？　抜き取る？」

俺が小首を傾げていると、メルシアが別のスライムの体に手を差し込み、魔石を握り込むと勢いよく引っこ抜いた。

魔石を抜かれたスライムは数秒後にぐったりはしたものの先ほどのように形状を崩すなどの様子はない。

「死んだのに素材がほとんど劣化していない！　すごいや！」

試しに触れてみると、先ほどのような弾力性の低下や皮の急激な劣化は見受けられなかった。

「……魔石を体内で破壊すると、そこから急激に肉体の劣化が始まる。魔石を砕かずに抜き取ることで肉体への劣化を最小限にしたんだ！」

「え？　あ、そのような感じです！」

鮮度を保ったままのスライムの体内構造から分析して述べると、メルシアが戸惑いながらも頷いた。

どうやら狙ってやったわけじゃなく感覚的にやってみたようだ。

まあ、メルシアは時折肉体的な判断をすることはわかっているが、今回ばかりは彼女の勘が最適解だったようだ。

「まあ、とにかくこれなら加工ができそうだ」

まずはスライムの皮だけをナイフで切り取ってみる。

薄い透明な皮だな。布よりも薄いし、強度なんてものはないに等しい。

このままでは利用価値はないだろう。

試しに錬金術で不純物を抽出する。すると、皮の透明度が上がった。

どうやら不純物を取り除くことで透明度が上がるらしい。

透明になった皮に今度は乾燥を施してみる。

すると、スライムの皮から水分が抜けて、透明な膜のようなものになった。

触ってみるとそれなりに硬さがあるが、握り込むとあっさりと砕けた。

完全に水分を抜いてしまうと力に脆くなってしまうらしい。

興味本位で口に含んでみると、傍にいたメルシアがギョッとしたような顔になる。

「……イサギ様？　スライムの皮は美味しいのですか？」

「食感は面白いけど、味はまったくしないね」

揚げ物のようなパリパリ感はあるものの美味しさは感じない。

サラダなどに入れたら食感としては面白そうだが、これを入れるくらいならクルトンを入れた方が百倍美味しいと思う。皮をそのまま食べるっていうのはなしだ。

そんな風にスライムの素材を錬金術でひたすらに加工し、ひたすらに素材としての特性を把握していく。

乾燥させてもダメだし、加熱しても溶けてしまい、冷やしても少し硬くなるだけで脆くなってしまう。スライムが火魔法や氷魔法などに弱いと言われるのは、急激な温度変化に弱いことが起因しているのだろう。皮の分析をすることで思わぬ理解が深まった。

「今のところ使い道といえば、包装紙に利用することくらいかな？」

「あとは敷物に利用するなどでしょうか？」

スライムを乾燥させて水分量を調整すると、ある程度の弾力性と耐久性を備えられることがわかったので、何か物を包み込んだり、敷物にするくらいはできそうだ。

「でも、同じことはプラミノスでもできるからなぁ」

確かな使い道がわかったのは嬉しいが、もう少しスライムでしかできないものを作りたい。

今度は皮だけでなく、スライムまるごと錬金術での加工を試していく。

どうやらスライムは極限まで乾燥させると形状を保てなくなり、粉っぽくなるらしい。

どうせならパウダーにしてしまおうと錬金術で細かく粉砕。

水分が失われてすっかりパウダー状になってしまったスライムだが、ここに水を加えると元の弾力性を取り戻すことはあるのだろうか。

ふと気になった俺は試しにパウダーの中にお湯を注いで混ぜてみる。

「んん？」

器の中で混ぜていると、パウダーだったものに少し弾力みが帯びてきた。

これはもしかすると、スライムの弾力物質を再現できるのではないか？

そう考えた俺はある程度混ぜたところで弾力物質を冷やしてみる。

「固まった！」

ひっくり返してみても器の中にあるものが落ちてくることはない。

指で突いてみると、ぷるりと震え、確かな弾力があった。

生きているスライムよりも弾力は弱いが、十分な弾力を備えているといっていい。

「何だかぷるぷるとしていて美味しそうだね」

「……シロップでもかけてみましょう」

先ほどはスライムを食べた俺に驚いていたメルシアだが、今回は突っ込んでこない。

彼女も俺と同じように食べたら美味しそうなどと思っていたのかも。

ほどなくしてメルシアがシロップを持ってきてくれて、器に盛り付けた弾力物質にかけた。

スプーンを差し入れると、少し抵抗されたもののあっさりと割ることができた。

メルシアと視線を合わせて頷くと、俺たちは同時に口へと運んだ。

スライムでできた弾力物質は上顎で優しく噛むだけであっさりと解けた。

「ぷるぷるとした感触が面白いね」

「それに喉の奥へとするりと落ちていくのが気持ちいいです」

この弾力物質は思いのほか美味しかった。

「味についてはフルーツジュースにパウダーを入れて混ぜてしまった方が美味しく仕上がりそうです」

「確かに」

スライムには何も味がないので果物などで味付けや香りつけをしてあげるだけでデザートとして楽しめる美味しさに昇華しそうだ。

メルシアがいそいそとミキサーで作り上げたオレンジジュースを持ってくる。

鍋の中にオレンジジュースを加え、そこにグラニュー糖を加えて、スライムパウダーを加える。加熱することでそれらが溶け込み、少し弾力が出てきたところで冷却する。

「できました！」

出来上がったものを俺とメルシアは早速食べてみる。

「「美味しい！」」

口の中で熱がゆっくりと伝わって溶けて、オレンジの甘みと爽やかな酸味が広がるようだった。冷却によってヒンヤリとした仕上がりになっているので暑い夏にもピッタリなデザートと言えるだろう。

完全にオレンジジュースを弾力物質へと落とし込めている。ただシロップをかけたものとは大違いだ。

「これはいけるね！」

「オレンジだけでなく他のジュースと組み合わせても絶対に美味しいです！　ちょっと他の味も作ってみます！」

かなり気に入ったのだろう。メルシアは興奮気味に述べると、いそいそと家の方へと戻っていった。

まさか食材としての利用方法が見つかるとは思わなかったけど、スライムらしい素材の活用法が見つかってよかったと思う。

スライムパウダーを加工して出来上がる摩訶不思議（まかふしぎ）なデザートはぷるりんと名付けられ、うちの農園で大流行することになった。

30話　宮廷錬金術師はスライムの可能性に想いを馳せる

食事を終えると、いつもはお茶なんかを飲んでゆっくりしていることが多いが、ここ最近はぷるりんが出てくることが増えた。

今日もメルシアがお茶と一緒に新しいぷるりんを持ってきてくれる。

メルシアはぷるりんを使ったデザート作りにすっかりはまっているようで、ここ数日は様々な工夫を凝らしている。

今日もどんなものが出てくるか楽しみだ。

「すごい。ぷるりんの中に果物が入ってる……っ！」

「今回はブドウをたくさん詰めて一緒に固めました」

透明なぷるりんの中にブドウの粒が見えているのは、とても綺麗で宝石箱のようだった。

メルシアがゆっくりと包丁でカットして、お皿に盛り付けてくれる。

何だか食べるのが惜しいくらいに綺麗だが、いつまでも眺めていてはせっかくのぷるりんが温くなってしまう。

冷たいうちが美味しいので早速ぷるりんをいただく。

「うん、美味しい」

ブドウジュースを主体にしているのではなく、ブドウのエキスを混ぜているのだろう。そのお陰で過度な甘さがなくさっぱりとブドウの味を楽しめる。さらに固められているブドウの粒がゴロゴロと出てきて、その度に違う食感とブドウ本来の味が楽しめる。なんて贅沢な味わい方なんだろう。

隣に座っているメルシアはぷるりんを食べて、それはもう幸せそうに頬を綻ばせていた。

「ブドウ大好きだもんね」

「ええ、我ながらいい味に仕上がりました」

話を聞いてみると、ここ最近はスライムパウダーの含有率を調整して、もっとも好みな弾力具合の生成に挑戦していたようだ。

「確かにここ最近のぷるりんはほどよい弾力とくちどけをしている気がする！」

「やはり二パーセントから三パーセントの割合のものが安定して美味しいです」

一パーセントだとほとんど弾力がなく瑞々しい仕上がりになり、二パーセントだと少し柔らかすぎる模様。四パーセントだと強い弾力が得られるが、少し歯応えが強すぎてしまうらしい。

加える果物によって上手くぷるりんが固まらないこともあるらしく、使う素材によっては割合を変えた方がいいようだ。

簡単なように見えるぷるりん作りでも、意外と奥深さのようなものがあるらしい。

「ふう、ごちそうさま。美味しかったよ」

「おそまつさまです」

ぷるりんを食べ終わると、ソファーへと深くもたれかかって美味しさの余韻に浸る。

隣にいたメルシアがこちらに身を寄せてきた。こてりと俺の肩にメルシアの頭が乗る。

メルシアがちょんちょんと左手に触れてきたので、俺はそのまま手を握り込んであげた。

「……幸せです」

「俺もだよ」

デートに行ってからメルシアはこうやってスキンシップを求めるようになった。

どうやら以前から手を繋いだり、くっついたりしたかったらしい。

過去に何度も窺っていたらしいのだが、俺はまったく気付いていなかった。

だけど、デートに行ってからはそれぞれのしたいことを素直に言うようになったので大分恋人らしい時間を過ごせるようになったと思う。

手を繋いでボーッとしていると、メルシアがさらに身を寄せてこちらを見つめてくる。

これはそういうことなんだろうか？

互いに惹かれ合うようにゆっくりと顔を近づけ、もう少しで唇が触れ合うかといったところでリビングに強いノック音が響いた。何ともタイミングの悪い来客である。

「「——ッ！」」

反射的に俺とメルシアは勢いよく身体を離す。

別にここは俺たちの家のリビングだし、何も悪いことはしていないのだが、なぜだかやましい気持ちになってしまった。

「とりあえず、出るよ」

「……はい」

服に皺が入っていないか確かめると俺はソファーから立ち上がって玄関に向かった。

扉を開けると、農園カフェの料理人であるダリオが立っていた。

「やあ、ダリオ。こんな朝早くからやってくるなんて珍しいね」

「おはようございます、イサギさん！　メルシアさんもおはようござ――」

食器の後片付けをしているメルシアにも挨拶の声をかけたダリオだったが、急に言葉が止まってしまった。

「どうしたんです？」

「今、声をかけた瞬間、メルシアさんにすごい冷たい視線を向けられたような……」

ダリオが悪いわけではないが、もう少し来訪するのが遅ければと思ってしまうようなタイミングだった。感情をあまり表に出さないメルシアでも、能天気な態度のダリオに苛立ってしまったようだ。

「気のせいですよ。それよりも今日はどうしたんです？」

「イサギさん！　ぷるりんが作れるっていう白い粉を僕に売ってください！」

「ああ、スライムパウダーのことですね」

「……そう。ネーアからぷるりんを味見させてもらった。あれはとても興味深い食材」

ダリオの後ろから現れたのはうるさそうに耳を手で塞いでいるシーレだった。

メルシアが作り上げたぷるりんは農園で働いている従業員へのご褒美としていくつか振舞っている。ダリオとシーレにはまだ渡していなかったが、ネーアがお土産用に持ち帰ったものを分けてもらって存在を知ったらしい。

「あれがあれば農園カフェのデザートの幅が広がりそうなんです！　だから、是非とも僕たちに売ってください！」

「わかりました。すぐに持ってくるので待っていてください」

ダリオは背が大きいのでとても目立つ。

玄関先で大声をあげて、頭を下げられては通りかかった村人に変な目で見られかねない。

俺はマジックバッグを取ってくると、スライム包装紙にスライムパウダーを詰めてダリオに渡した。

「どうぞ」

「ありがとうございます！」

代金として銅貨五枚ほどいただくと、ダリオとシーレは満足そうに帰っていった。

どこにでもいるスライムからとれる素材だし、錬金術師であれば誰でも作れるような素材だからね。値段はこんなものだろう。

ダリオとシーレがいなくなると、うちのリビングに静寂さが戻ってくる。

「……イサギ様」

どうやらメルシアはさっきの続きがしたいらしい。俺としても微妙なところで止まってしまって悶々としていたので異論はない。

互いに近づいて抱き締め、今度は立ったまま顔を近づけると――。

「こんにちは！　イサギさん！　ワンダフル商会のコニアなのですー！」

またしても来客が来てしまった。

「何でこんな時に限って！」

「まあまあ、そんな日もあるよ」

珍しく苛立った声をあげるメルシアを宥めながら俺は扉を開ける。

「イサギさん！　私にも幸せになれるという噂の白い粉を売ってほしいのです！」

「スライムパウダーです！　変な言い方しないでください！」

俺は怪しい薬の売人なんかじゃない。

「どのくらいの量が欲しいんです？」

「ワンダーレストランに卸したり、他の街などに売り込みたいのであればあるだけ嬉しいのです！」

「とりあえず、手元にある二十キロ分をお渡ししますね」

「ありがとうございます！」

麻袋に詰めた大量のスライムパウダーを渡すと、コニアは代金として金貨一枚をくれた。

何も価値がないと言われていたスライムが、こんな大金を生み出すなんてね。

「もっと欲しければ、スライムを捕獲して持ち込んでもらえればすぐにお作りしますよ。とはいえ、大量のスライムを捕獲するのは中々大変ですので、いっそのこと養殖とかした方が楽かもしれませんね」

「確かにイサギさんのおっしゃる通り、スライムパウダーの反響によっては検討する価値があるのです！　ちょっとその辺りも含めて、今度改めてご相談させてくださいなのです！」

「あ、はい。わかりました」

半ば冗談交じりに言ったのだがコニア的にはアリだったらしい。

スライムパウダーだけでなく、他のスライム商品が形になれば、もっとスライムの需要は上がる。

今後の生活のためにもう少しスライムを研究して、何かしらの商品を生み出すのがよさそうだな。

コニアが去ったあともスライムの活用についてずっと考え続けていると、急に身体をくるりと回される。

「え？」

視界が反転するとやや不満そうな顔をしたメルシアが映り、彼女の顔が勢いよく近づいてきて俺の唇を塞いだ。

31話　宮廷錬金術師は獣王と遊びに行く

「「あー」」

ライオネルとレギナがうちのリビングのソファーに深く腰をかけるなり、くたびれたような声を放った。

突如、うちの家を訪問してきた獣王とその娘である第一王女。

特に予定を合わせたわけでもないのに示し合わせたような行動結果が起こるのは、二人が親子なのだとしみじみと思わせる。

これだけくたびれた様子を見せていると、放置するのも忍びない。

「……随分とお疲れのようですね？」

「帝国の皇子と臣下の護送、さらには生き残った高位貴族を傷つけないように護送するのは骨が折れた」

「あいつらって一応は敗戦国の兵士よね？　どうしてあんなにも態度がでかくてわがままなのかしら？　自分たちが捕虜っていう自覚がないの？」

戦が終わってからライオネルはウェイス皇子やガリウスたちをはじめとする帝国の捕虜たちに聴取を行い、それぞれの身元を特定するなどの作業を行っていたようだ。

そして、つい先日それらの作業が終わり、ライオネルとレギナはミレーヌの監獄へと捕虜を護送してきたようだ。

「帝国の方たちのお相手はさぞかし疲れたでしょう。本当にお疲れ様です」

メルシアが心底労りの声音を発しながらハーブティーとぷるりんを差し出す。

帝国の皇族や貴族の実態を知っているだけに俺たちは二人がどんな苦労をしてきたのかを推し量ることができた。

捕虜であるにも関わらず、獣人族の兵士を罵ったり、やれ食事が貧相だ、風呂に入れろなどと騒いだに違いない。

「メルシアって、帝国でああいう人たちのお世話もしていたのよね？　よく堪えられたわよね」

「そういう習性を持つゴブリンだと思っていましたので……」

「あはは、ゴブリン！　確かにそう思えば、彼らのわがままも気にならなくなるかも！」

さらりとしたメルシアの返答がツボに入ったのか、レギナは愉快そうに自分の太ももをペチペチと叩いて笑っていた。

第一王女の振る舞いとは思えないがそんなことは今更だし、ここには俺とメルシアしかいないので咎める者もいない。

「ライオネル様。あれから帝国の動きなどはありましたか？」

「まだ戦が終わって間もないからな。まだ反応はない。こちらから戦についての顛末を記した手紙を送ったが、まだ皇帝にまで届いていないだろう」

あれから時間が経過したとはいえ、まだ一月も経っていない。

獣王国から帝国までは険しい山や道がいくつもある。

手紙を届けるにも週単位の時間がかかるし、敗走した貴族や兵士が帝都に戻るのに手間取っているのだろう。

帝国の方も事態を把握できていないために迂闊に動くこともできないのだろうな。

「ひとまずは帝国の出方の様子を見ることにする。それまでは何があっても問題ないように我々は備えるまでだ」

「そうですね。ライオネル様やレギナがいてくれるだけで心強いです」

第一皇子を捕虜にされたとの報を聞いて、帝国が激高して再侵攻をする可能性だって十分に高いが、獣王国最強の戦士であるライオネル、レギナを筆頭とした屈強な獣王軍が控えていれば問題はない。帝国が相手でも十分に渡り合える。プルメニア村の人たちも心底心強く思っているに違いない。

「そんなわけで俺はしばらくここに滞在する」

「はい」

「……俺はかつてないほどの激務を終えて疲れている」

「そうですね。ゆっくりお休みになってください」

「…………」

労りの言葉をかけたのだが、なぜかライオネルが不満そうな表情を浮かべた。

何だ？　一体、何が不満なんだ？

疲れている偉い人を休ませて差し上げるのは当然の配慮だと思うのだが。

「イサギ様、ライオネル様は羽を伸ばしたいのではないでしょうか？」

「つまり、気分転換に遊びたいってこと？」

「うむ。そういうわけだ」

何だそれなら最初からそう言ってくれればいいのに。

フリーダムな行動をしているのに、こんなところだけ恥ずかしがるライオネルが少し謎だ。

「あたしもここんところはちょっとしか顔を出せなかったから皆で思いっきり遊んだり、美味しいものが食べたいわ！」

村を守るために尽力してくれているライオネルやレギナに、楽しい時間を過ごしてもらいたい。

思いっきり遊べて、美味しいものが食べられる。二人のために何をしてあげることができるだろう？

農園で野菜を収穫して食べる……いや、それじゃあこの間のトウモロコシ収穫と変わらないし、休暇を満喫したがっている王族の人たちを働かせるのもなぁ。

できれば、いつもと違った非日常感がある方がいいだろう。

「……何かいい案はある？」

「そうですね。近くに渓流があるのでそこで涼むのはいかがでしょう？　川を泳いだり、釣りをして魚を食べたり、大農園の食材を冷やして食べたり……夏らしい過ごし方ができるかと」

「おお！　いいではないか！　俺が求めていたのはそういう自然との触れ合いだ！」

メルシアの提案にライオネルが食いついた。

無邪気な少年のように目を輝かせてソファーから立ち上がる。

先ほどまで乾燥したスライムのように伸びきっていたのが嘘のようだ。

「思えば、夏っぽい遊びもできていなかったしいいわね。あたしも異論はないわ」

「決まりだね。皆で渓流に行こうか」

「では、準備をいたします」

渓流に向かうことになった俺たちは、出かけるための準備をすることにした。

メルシアは渓流で冷やすための夏野菜を収穫しに農園へ向かい、俺は魚を釣るための釣り竿を錬金術で用意する。

「あれ？　なんか人数が増えてない？」

準備を終えて家の前に集合すると、渓流に向かうメンバーが一人と一匹増えていた。

具体的に名前を挙げるとティーゼとコクロウである。

「恥ずかしながらこういった水遊びをするのは初めてでして、メルシアさんに無理を言って同行させてもらいました」

視線を向けると、ティーゼが少し恥ずかしそうに身をよじりながら言った。

水が貴重なラオス砂漠では皆が使用するオアシスで泳いだり、釣りを楽しむなんてことはできないだろう。ティーゼが渓流で遊ぶことに強い興味を示すのは納得のことだった。

「それならキーガスは？」

ティーゼと同じ理由でキーガスも強い興味を示しそうなものだが。

「さすがにお二人に抜けられると農園の業務に支障が出るのでじゃんけんの結果、キーガスさんには残ってもらいました」

「そうなんだ」

どうやら公平な結果のもとティーゼだけが同行することになったようだ。

この間トウモロコシ畑を増やしたせいだろうな。

キーガスはまた今度連れていってあげることにしよう。

「で、コクロウは？」

「スイカを収穫していると、渓流に興味を示されたようです」

「渓流で冷やしたスイカは美味いと聞いた。我はそれが食べたいだけで貴様らの行う遊びとやらには興味はない」

澄ました表情をしているが、後ろにある長い尻尾は期待でブンブンと左右に揺れていた。

帝国との戦争で数多もの帝国兵を葬ってきた恐ろしい魔物であるが、そんな威厳はまったくなかった。目の前にいるのはただのスイカ好きの食いしん坊である。

「そんなわけでちょっと人数が増えるけど問題ないかな？」

「ティーゼだったら大歓迎よ！　一緒に遊びましょう！」

「俺も少し運動相手が欲しいと思っていたところだ！」

ティーゼはレギナと仲良しなので問題もなく、ライオネルもコクロウを歓迎している様子だ。

俺じゃライオネルの運動量にはとてもついていけないので、それと張り合えるだけの体力とスペックを有しているコクロウが来てくれるのは心強かった。

「……フン、今日は運動で済むと思うなよ？」

「そうなるなら俺としても助かるのだがなぁ？」

コクロウとライオネルの視線がぶつかり、火花が飛び散るのを幻視した。

気分転換のための遊びだから物騒な戦いとかはやめてね？

32話　宮廷錬金術師は渓流を満喫する

家を出立し、俺たちは村の裏山へと登る。

戦死者を弔うための灯籠を流した地点からさらに上流へと小一時間ほど歩くと、滝の音が聞こえた。

鬱蒼（うっそう）とした山間を抜けていくと、苔（こけ）むした岩と澄んだ水の流れる渓流があった。

「うーん、いい景色！」

「とても綺麗な水が流れていますね」

渓流を見るなりレギナは深呼吸をし、大きく伸びをする。

水がしぶきを上げながら流れていく光景にティーゼは見惚れているようだ。

「うむ！　いい場所だな！」

ライオネルは腕を組んで満足そうに頷くと、早速とばかりに岩場をよじ登ったりと散策を始めていた。

「先にお野菜を水に浸けておきましょうか」

「そうだね」

マジックバッグからトマト、ナス、キュウリ、ピーマン、トウモロコシを籠の中に入れると、岸辺に設置して、水に流されないように石で囲っておく。

大きなスイカはネットに入れると、こちらも流されないように大きな石に括り付けた。

あとは冷たい水が夏野菜たちを冷やしてくれることだろう。あとで食べるのが楽しみだ。

「待て！　このようなところにスイカを放置するのか⁉」

笑みを浮かべて離れると、コクロウが慌てた様子で声をかけてくる。

「そりゃ、冷やすんだから当然だよ」

「誰かに盗られたらどうする⁉」

「誰も盗ったりしないし、動物が手を出そうとしても誰かがすぐに気付くよ」

この辺りは開けているので仮に動物や魔物が近づいてきてもすぐに視界に入る。今回はライオネル、レギナ、メルシアといった気配に鋭い人たちもいるので易々と盗まれることはないだろう。そもそもシャドーウルフであるコクロウがいる時点で並の魔物は恐れて近づいてこないと思うが。

「それでは我が安心できん。眷属に見張らせる」

コクロウはそのように言うと、自らの影から三匹のブラックウルフを呼び寄せてスイカを見張らせた。

何という眷属の無駄遣いだろう。でも、彼らが嬉しそうにしているなら問題ないか。

「ここならば足を入れてみてもいいのですよね？」

「ええ。もちろんよ」

岸辺では一足先にティーゼとレギナが水の中に足を入れていた。

「はぁー、気持ちいい！　ティーゼはどう？」

「とっても冷たくて気持ちいいです！」

レギナが尋ねると、ティーゼは無邪気な笑みを浮かべた。

「ほら、イサギとメルシアも気持ちいいわよ！　こっちに来なさい！」

「王女様の呼びつけとあっては行かないわけにはいかないね」

俺とメルシアは顔を見合わせると、岸辺へと足を運んだ。

靴を脱ぎ、靴下を脱ぐと、長ズボンの裾を巻き上げて、ゆっくりと足を浸す。

「あー、気持ちいい」

ひんやりとした水が足を包み込んでくれて心地いい。

水が足の間や指の間を通り過ぎることによって、水の流れを肌で直接感じられる。

「メルシアは……あっ」

「すみません。少々お待ちください」

振り返ると、岩陰の方でメルシアが白のレギンスを脱いでいるところだった。

別にスカートの奥にあるものを覗（のぞ）いたわけではないのだが、何だかイケないものを見てしまったような気がした。

普段、露出の少ないメイド服を着ているせいだろうか？　不意に見えてしまった足に妙にドキドキしてしまう。

顔を背けて大人しく待っていると、レギンスを脱ぎ終えたメルシアがゆっくりと隣にやってくる。

「んっ、確かにこれは冷たくて気持ちがいいですね」

メルシアはゆっくり足を水に浸すと、ため息を漏らすかのように息を吐いた。

ロングスカートから覗くメルシアの素足はとてもきめ細やかな肌をしており綺麗だ。

枝葉の間から差し込む陽光が彼女の太ももを照らして反射している。

って、いくら恋人とはいえ、素足を凝視するのはよくない。

意思を総動員して視線を外すと、これまた正面には小麦色の肌をした健康的な足が飛び込んだ。

メルシアの足よりも太ももが一回りほど大きいが、肉感的な魅力が備わっているように思えた。

またしても視線を逸らすと、今度はティーゼのほっそりとした足が見えてしまう。

こちらは膝下から鳥の脚のようになっているが、太ももまでは人間の太ももになっており倒錯的な色気があるように思えた。

って、いけない。

メルシアの足を凝視しないように視線を逸らしたのに結果として別の女性の足を凝視してしまっている。

「……イサギ様」

「ご、ごめんなさい」

慌てて視線を逸らすが、隣のメルシアにはお見通しだったらしい。

頬を膨らませながら太ももを軽くつねられてしまった。弁解のしようもございません。

「あぁー、こんな綺麗な水の中に足を入れて涼めるとは、なんて贅沢なんでしょう」

山から水を引いているとはいえ、元から水が不足気味な土地であり、皆が共有する資源だ。

このような贅沢な使い方はまだできないだろう。

贅沢で開放的な空間も相まってティーゼは比喩ではなく、文字通りの意味で羽を伸ばしていた。

「まったり涼むのもいいけど、こんなに綺麗な川に来たんだからお約束のアレもしておかないとね」

レギナが何を行うかを察した俺とメルシアは慌ててその場から距離を取る。

「アレとは何です？」

しかし、川遊び初心者であるティーゼはこれからレギナが起こす行動が読めない。

「てえーい！」

それ故にレギナの突然の水かけに反応することができず、ティーゼは上半身を濡らしてしまった。

「きゃっ！　冷たっ！」

「ふふふ、川遊びといえば、こういった水の掛け合いはお約束でしょう？」

ずぶ濡れになっているティーゼにレギナは胸を張って言った。

「なるほど。掛け合いでしたら、私もかけても問題ないわけですね？」

「ええ」

レギナが了承した瞬間、ティーゼが手で水をすくい上げて飛ばす。

しかし、悲しいかな。川遊び初心者のティーゼではあまり多くの水を飛ばすことができず、レギナに悠々と避けられてしまう。さらにはついでとばかりにレギナが水を飛ばしてきて、さらにティーゼの身体は濡れてしまった。

「うう、私だけが濡れてしまいます」

「ティーゼさんの場合は、水を大事にしようという意識が強いのでしょう」

「ここは砂漠とは違うとわかっているのですが、どうしても無意識にブレーキをかけてしまって……」

水を大事にし、族長として自らを律していたティーゼだ。

これまでとは真反対の行動をしようとしても心がついてこないのだろう。

「うーん、乗り気じゃないティーゼに付き合わせるわけにはいかないわね」

「すみません。やりたい気持ちはあるのですが、身体がついてこなくて……」

「だったら代わりに遊んでくれそうな人に付き合ってもらおうかしら？」

レギナが新たな得物を見定めるようにこちらに視線を向けてくる。

「だって、メルシア。レギナがお相手をご所望——って、いつの間に陸に!?」

「申し訳ありません、イサギ様。メイド服を濡らすわけにはまいりませんので」

レギナと対等に遊べそうなメルシアを頼りにしていたのだが、彼女はちゃっかりと陸に上がって避難していた。

確かにメイド服は上質な生地を使っているし、水に濡らすのはよくない。だけど、彼女がいなければレギナの相手をするのは俺ということになってしまう。

「いくわよ、イサギ！」

「うわっぷ！」

メルシアのまさかの離脱に呆然としていると、後ろから盛大に水をかけられた。

ローブが濡れ、隙間から冷たい水が肌へと侵入してくる。

下半身は水の冷たさに慣れていたが、上半身はそうでもなかったので思わず変な声をあげて背筋が伸びた。

「やったね！　そりゃっ！」

「ふふ、甘いわ！」

負けじと水を飛ばすが、レギナは素早く移動して躱されてしまう。

続けて水を飛ばすもレギナの動きが素早くて当たらない。

水場ということもあって動きづらいはずなのに地上と遜色のない身のこなしだ。

「全然当たらないいんだけど」

「水上での訓練も受けているからね」

獣人の身体能力と戦闘技術の無駄遣いが過ぎる。

こちらも動きながら水をかけようと奮戦するが、それ以上にレギナの動きが速く、飛ばしてくる水の量も多い。あちらはほとんど水を回避するのに、こちらは被弾しまくりだ。

被弾を重ねるにつれてローブや下着が水を吸って重くなってしまい、益々動きが遅くなってしまうという悪循環。このままではレギナのいい玩具だ。

「仕方ない。こっちもとっておきの技を使うことにするよ」

「へえ、この状況を打開する手があるのかしら？」

「錬金術を使うよ」

俺は両手を水につけると魔力を流して錬金術を発動。

錬金術を使用したことによって、俺たちの周囲を流れる水はすべて俺の制御下となった。

俺の周囲でたくさんの水流が渦巻く。

「……イサギ？　ちょっとそれは大人げないんじゃないかしら？」

「こうでもしないと水上訓練を受けているレギナに水をかけることはできないしね」

大人げないのはお互い様だと主張した上で、俺は水流をレギナに向けて飛ばす。

当然、反応のいいレギナは走って躱そうとするので、俺は彼女の足元に水流を発生させて動きを阻害してあげた。

「ッ⁉　ズルい！」

渦によって動きが遅れたレギナは四方から射出された水流の餌食になり、全身をずぶ濡れにさせるのだった。

33話　宮廷錬金術師は滝壺に飛び込む

「降参よ。イサギには水の掛け合いで敵いそうもないわ」

水流から解放すると、浅瀬で座り込んだレギナが降参するように手をひらひらと振った。

「うん。この辺りで休戦にしよう――ッ!?」

レギナに手を差し伸べて起こしてあげようとしたところで俺は思わず硬直してしまう。

「どうしたの？」

「……いや、ちょっと今の状態を俺が目視するのはマズいかなって」

レギナは視線を自らの胸元へと落とす。

薄手のタンクトップが水に濡れてしまって、レギナの大きな膨らみがくっきりと見えていた。水で生地がピッタリと肌に張り付いてしまったことでよりスタイルのよさが強調されている。健康的な小麦色の肌に浮かんだ水の雫が煌めき、妙な艶めかしさを演出していた。

「あたしは気にしないわ！」

しっかりと自らの状態を確認した上でレギナは恥じることはないとばかりに言った。

「いや、俺は気にするんだけど！」

「別に見ても減るもんじゃないもの」

形のいい自らの胸を誇るように突き出して言うレギナ。

うん。でも、何となくレギナは恥ずかしがったりしないと思った。

昔から戦士に混ざって訓練していたし、砂漠で同居していた時も恥ずかしがるような素振りは一切なかったからね。

「だとすると、私の今の格好もマズいでしょうか？」

俺たちの会話を聞いて小首を傾げるティーゼ。

ティーゼは砂漠で生活することや飛行することに特化しているからか、踊り子のような局部だけを隠す衣服となっている。こちらも薄い布がピッタリと肌に張り付いて、胸元の膨らみや太もものシルエットが強調されていた。

むしろ、布が多く張り付いている分、レギナよりも危ない状態かもしれない。

「……女性であるあたしの視点から見ても、今のティーゼはえろいわね」

「え、えろ……ッ!?」

俺が心の中で思ったことをレギナがド直球に言ってしまう。

ティーゼは顔を赤くし、両腕の翼で身体を隠すように覆った。

「お二人とも着替えましょう。濡れてしまいましたし着替えます」

「そ、そうですね。このままではお身体を冷やしてしまうので」

「あたしはこのままでいいけど？　どうせ川で泳ぐし」

「ダメです。水に濡れてもいい衣服をちゃんとお貸ししますので」

チラリと俺の方を見ながらメルシアがレギナに詰め寄った。

「わ、わかったわよ」

面倒くさがっていたレギナだがメルシアの強めの圧によって縦に頷いた。

「イサギ様、少しマジックバッグから布と裁縫道具をお借りしますね」

「あ、うん」

メルシアにいくつかの布と裁縫道具を渡すと、俺は二人が着替えをしやすいように錬金術で衝立を作っておいた。

別に着替えをする二人のところに近づくつもりはないが、この方が着替えやすいだろうし、何かの事故が起こるようなこともない。

「おーい、イサギ！　こっちに来てみろ！」

三人が衝立の奥へ消えていくとライオネルに呼ばれた。

声が聞こえた方に足を進めると、滝壺の上にライオネルが突っ立っていた。

「どうだ？　イサギも一緒に飛び込まぬか？　きっと気持ちがいいぞ！」

「深さは大丈夫なんですか？」

「ああ、深さは十分にある！　俺たちが飛び込んでも問題はない！」

ライオネルのような超人を基準にすると痛い目を見るからね。

念のために錬金術で滝壺の深さを測ってみると五メートル以上あったので問題はない。

「どうだ？」

「服もびしょ濡れなことだし、俺も飛び込みます！」

「そうこなくてはな！」

俺は一気に衣服を脱いでしまう。

女性がいるのでズボンまで脱ぐことはできないが、ぐっしょりと濡れていたローブがなくなっただけで快適だった。

「すごい筋肉ですね」

隣ではライオネルが衣服を脱ぎ去っていた。

帝国にいた時も訓練終わりの騎士が衣服を脱いで休憩している光景を見たことがあるが、ライオネルの筋肉は密度が違う。隆起した筋肉が鋼のようだ。

「戦士となれば、これくらいはな」

力こぶを作り自らの筋肉を誇示するライオネル。

腕だけで俺の身体よりも太そうだ。

「俺も健康のためにもう少し筋肉をつけたいですね」

「そうだな。イサギはもう少し身体を鍛えた方がいいな。もっと肉を食え」

ライオネルが豪快に笑いながら俺の背中を叩く。

筋肉が少なく、細い身体をした俺の身体はそれだけでバランスを崩して、そのまま滝壺へと真っ逆さまへ向かってしまう。

混乱しつつも俺は何とか足を下にし、背中を丸めて水へと落ちた。

ドボンッと水が跳ねる音が遠くで聞こえ、水の流れる音が耳朶に響いた。

「イサギ！　大丈夫か⁉」

水面に顔を出して目を開けると、ライオネルが心配そうな表情を浮かべていた。

「大丈夫です！」

「すまない。落とすつもりはなかったんだが……」

「ビックリしましたが、面白かったので気にしないでください」

タイミングこそ不意だったものの、元々飛び込むつもりだったので怒るようなことではない。

俺が何ともないとわかると、ライオネルは安堵の表情を浮かべた。

心配されないようにもうちょっと筋肉をつけよう。

「よし、次は俺が飛び込もう！」

ライオネルはよく通る声で宣言すると、後ろに下がって助走をつける。

うん？　彼ほどの巨体の持ち主が助走なんてつけたら、かなりの飛沫になるんじゃないか？

嫌な予感がした俺は慌てて、滝壺の中心地から距離を取る。

「とう！」

滝壺の端へ移動する頃にはライオネルは既に地を蹴っており、身体を丸めて宙で激しく回転しながら水中へと落ちた。

俺とは比べ物にならないほどの水飛沫が舞い上がり、小さな津波が俺に覆いかぶさってきた。

「ふははは！　どうだ！　俺の飛び込みは！」

「……色んな意味ですごいです」

滝壺から水が氾濫して、岸辺を濡らしていた。

近くに荷物を置いたりしなくてよかった。

「よし、もう一度飛び込むぞ！」

「ですね！」

さっきは事故で落下することになったので今度は自分の意思で飛び込んでみたい。

ライオネルのような派手な回転はできないが、あの高さから飛び込んだら気持ちよさそうだ。

俺とライオネルは陸へと上がると、岩をよじ登って滝壺の上へと移動。

「今度は押さないでくださいよ？」

「なぜだろう？　そう言われると無性に押したくなってくるぞ」

「やめてください、フリじゃないですから！」

ゆっくりしているとライオネルの我慢が利かなさそうなので、俺は素早く覚悟を決めると滝壺へと飛び込む。

力強く地面を蹴って跳躍し、そのまま水面へ。

水中の中でズウウンッと水飛沫の音が鳴り、視界を大量の泡が埋め尽くした。

勢いよく飛び込んだお陰で二メートルくらい沈んだだろうか。

手足を使って水面へと浮上すると、酸素を取り込むために大きく息を吸った。

「思いっきり飛び込むと気持ちいいですね！」

「であろう？」

濡れた前髪をかき上げながら感想を漏らすと、滝壺の上にいるライオネルが同意するように頷いた。

次はライオネルが飛び込んでくるために端へと移動すると、俺の視界をコクロウが横切った。

「コクロウもよかったら飛び込んでみる？」

声をかけてみると、コクロウは怪訝な顔をしながらも影へと潜った。

コクロウはライオネルの影から姿を現すと、こちらを見下ろして鼻で笑った。

「こんな幼稚な遊びに興じるほど我は暇ではない」

そんなコクロウの不遜な態度にライオネルは顔をむっとさせていた。

何せこの幼稚な遊びを提案したのは、後ろにおられる獣王様なのだから。

ライオネルを見つめていると、彼は意地の悪い笑みを浮かべながらコクロウに接近。

まさかと思いながら見つめていると、ライオネルは水面を覗き込むコクロウを後ろから突き落とした。

「なっ⁉」

「ふはははは！　お前も幼稚な遊びとやらを堪能するといい！」

高所であればコクロウも影を探して避難できただろうが、五メートルという中途半端な高さや、不意を打たれたこともあり、コクロウは無様に水中へと落下した。

今度の落下は俺の時とは違って悪意百パーセントだな。ライオネルが実にいい笑顔で笑っている。

だけど、俺もちょっとスカッとしたな。

水中から顔を出したコクロウが犬歯を剥き出しにして、ライオネルへと鋭い視線を飛ばす。

「獣王、貴様……ッ！」

「何だ？　喧嘩なら買うぞ？」

上位個体の威圧感のこもった視線も獣王には通じないようだ。

不適な笑みを浮かべて挑発の言葉を投げかける。

ライオネルの足元の影へ移動すると、コクロウは激しい怒りの唸り声をあげながら襲いかかった。

34話　宮廷錬金術師は渓流で釣りを楽しむ

「あら、もう飛び込みはいいの？」

「さすがにあの争いには巻き込まれたくないからね」

後ろを振り返ると、滝壺の方ではライオネルとコクロウが取っ組み合いをしていた。

コクロウが本気で押し倒そうとしているのをライオネルは笑いながらいなし、背負い投げで水面へと叩きつけた。派手に水飛沫が舞い上がり、ライオネルの愉快そうな笑い声とコクロウの怒りの声があがっている。

彼らにとってはじゃれ合いでも、俺のようなひ弱な人間からすれば災害でしかないので避難させてもらった。

「服、着替えたんだね」

「ええ、メルシアがどうしても着替えろって言うから」

「これなら問題ないですよね？」

レギナの胸の中央には金の留め具があり、赤い布が双丘を覆っていた。下にはホットパンツが穿かれている。

ティーゼは淡い白色の布で胸元を覆っており、下半身は淡い空色の長布が巻かれていた。

「こんな短時間で作れるなんてすごいね」

レギナの衣装は動きやすそうで、ティーゼのものは肌の露出を減らしつつも奥ゆかしさを演出している。短時間で作ったものながら二人のイメージにしっかりと合っていた。

「作り自体は難しいものではありませんから。本音を言うと、もうちょっとシルエットや装飾にこだわりたかったです」

俺からすると十分すぎる出来栄えのようだが、メルシア的にはまだ満足がいっていないようだ。うちのメイドは美意識が高い。

「それよりもイサギ様。あまり身体を濡らしたままですと、お身体が冷えますよ？」

メルシアがタオルを差し出してくれたので、俺はありがたく受け取った。

「ありがとう」

「…………」

タオルで水気を拭っていると何やら視線を感じるのだが気のせいだろうか？

「あー！　メルシアがイサギの上半身を盗み見してる！」

「わ、私はただメイドとしてイサギ様の身を案じていただけです」

メルシアにしては珍しく取り乱した様子。視線の主は彼女だったようだ。

「それにしては顔が赤いし動揺しているわね？　心のどこかにやましい気持ちがあったんじゃないかしら？」

「そ、そそ、そのような気持ちはありません！」

メルシア、否定するならそこは毅然とした態度でいないと。

男の身体なので誰も気にしないと思っていたが、ちょっと気になってしまう人がいたようだ。

衝立の奥に行って水分を拭うと、マジックバッグから取り出したシャツに着替えた。

「ねえ、お腹が空いてきたし、そろそろ釣りでもしない？」

シャツを着て皆のところに戻ると、先ほどの話題は既に落ち着いたようだ。

「そうだね。早めに動き出して損はないし」

川魚を捕まえられる保証もないし、早めに動き出しておいて損はない。

空腹になった頃に釣りをするのも辛いだろうしね。

そんなわけで俺たちは釣りをすることにした。

ちなみに上流で今も暴れているライオネルとコクロウは放置。彼らの近くにいると落ち着けないし魚が逃げてしまうので少し下流へと移動することに。

拠点の傍よりも川幅は狭いが、水の流れが穏やかでこちらも過ごしやすそうな場所だった。

「あ！　お魚がいるわ！」

レギナが水面を覗き込んで指をさす。

透明な水の中にはポツポツと魚影らしき姿が見えていた。

「あれは岩魚だね」

「さすがにイサギ様もご存知ですよね」

「たまに食卓に並ぶからね」

時折、狩人の人がたくさん釣ってきてくれるらしくプルメニア村でよく流通する川魚だ。

うちの食卓にも週に一回くらいの頻度で出てくる。

淡泊な味わいながらも旨みがしっかりとあって美味しい。

「こちらの魚は美味しそうで安心いたしました」

「ラオス砂漠にいる砂魚は、お世辞にも美味しそうな見た目をしているとは言えませんからね」

安堵するティーゼの隣でメルシアが苦笑する。

ラオス砂漠を横断する時に何度も襲われたのが、砂の中を泳いで人を襲う砂魚だ。

彼らも一応は魚類っぽい見た目をしているのだが、体がとても平べったく歪な顔立ちをしているので美味しそうには見えない。

実際、ティーゼによると砂が多く、臭みが多いので食べられたものではないようだ。

「岩魚を釣りましょう！　イサギ、釣り竿をちょうだい！」

「うん。今渡すよ」

マジックバッグから全員分の釣り竿を渡してあげた。

すると、受け取った三人が戸惑った反応を見せる。

「イサギ、竿に糸がないんだけど？」

「ああ、それは魔道具だから魔力を込めれば糸が出てくるよ」

手本を見せるように竿に魔力を流してみると、竿の先端から魔力糸が伸びた。

「わっ、本当に糸が出てきた！」

「魔力の込める量によって糸の太さや長さ、それに針なんかの形状を変えることができるよ」

魔力を多く込めるとそれだけ糸が長くなり、薄く伸ばすようにしてイメージをすると糸が細くなる。先端についている針の形状も変えられるので、その時に釣り上げたい魚によって臨機応変に対応できる仕組みだ。

「このようなものをいつの間に作っていたのです？」

「これは帝国にいた時かな。まとまった時間がとれたらゆっくりと釣りをしてみたいと思ってね」

これは俺が宮廷錬金術師だった時に忙しすぎて現実逃避をするために作った魔道具だ。

いつか使おうと放置していたものを思い出して引っ張り出した。

「恥ずかしながら釣りというものをやったことがなかったのですが、これなら私でも釣りを楽しむことができそうです」

ティーゼが魔力糸の長さを伸ばしたり、縮めたりと器用に調節をしていた。

「初心者にとっては糸を結ぶことや、管理することが高いハードルですからね」

釣りをしたいという気持ちはあったが、いまいち踏み越えることのできない壁があったので魔道具化するにあたって、そういった部分を省略できるようにしてみた。

「ぐぎぎ、魔力で針の形状を作るのが難しいかも」

「……私も針が綺麗に作れません」

魔力糸の調整はできるものの、魔力操作がやや苦手なレギナとメルシアは綺麗に針の生成ができないでいるようだ。針っぽい形はできているけど、先端が丸まっている。

「一応、プラミノスの針も用意しているので外付けもできるよ」

「じゃあ、あたしはそっちにするわ」

「私もそちらで」

悔しそうにしながら錬金術で加工したプラミノスの針を括り付けるレギナとメルシア。

次に作る時は獣人族でも針を形成しやすい仕組みにしてあげよう。

「さて。あとは餌だけど――」

「それについてはこちらに」

メルシアがプラミノスで生成されたケースを開けると、そこには数種類の虫餌とエビなどが入っていた。

どうやらここにやってくるまでの間に採取しておいてくれたようだ。とても助かる。

岩魚は縄張り意識が高く、何でも食べるのでどの餌でも問題はないようだ。

別に虫が苦手というわけではないが、進んで使うほど好きではないので俺はエビを使用することに。食いつきが悪かったら他の虫餌を使えばいい。

魔力糸を生成すると、ガン玉を通してやり、先端部分を針状に生成。

そして、針にエビをひっかけてやると準備は完了だ。

「よーし、たくさん釣るわよ！」

レギナの元気な声を合図に俺たちは散開して岩魚を狙う。

水中にはたくさんの岩魚が泳いでいる。

ヒレを動かし、体をくねらせて水の中を泳ぎ回る姿はとても優美だ。

見ているだけで癒される。

岩魚がよく見え、足場のいいポイントを見つけると、俺は様子見とばかりに糸を垂らしてみる。

そのままジーッと待つ。

「「…………」」

レギナ、ティーゼ、メルシアも各々のポイントを見つけて、真剣な顔で糸を垂らしている。

水の中にいる岩魚と向かい合っているのだろう。

澄んだ山の空気と心地よい水音が耳朶をくすぐる。ここでしか味わえない静かな時間だ。

たまにはこうやって自然に身をゆだねるような時間があってもいいな。

錬金術を駆使すれば、水中のどこに岩魚がいるか丸わかりなのだが、さすがにそれは無粋なので今回は己の力のみで頑張ることにする。

静かな時間を楽しんでいると、不意に竿に振動が伝わってきた。

水流によって針先の光景まではわからないが、おそらく岩魚が餌を突いているのだろう。

素人からすると、いまいち水の中にある糸や針の感覚がわからないものだが、この釣り竿の糸は自らの魔力によって生成されたもの。普通の糸や針を使うよりも水の中の感覚が鋭敏に伝わる。

よって、獲物が餌に食らいついたタイミングが非常にわかりやすい。

竿に強い振動がきた瞬間に俺は魔力糸を縮めてこちらに引っ張りながら竿を上げた。

すると、灰色の体表をした岩魚が釣れた。

「よーし、一匹目！」

「さすがです。イサギ様」

「あー！　最初の一匹を釣られたわ！」

近くにいるメルシアが褒めてくれ、やや離れたところにいるレギナが悔しそうな声をあげた。

こういった時に一番に釣り上げると気持ちがいいものだ。

糸を手繰り寄せると魔力針を霧散させ、岩魚を籠へと入れてしまう。

針も魔力で形成されているのでいちいち取る必要もないので楽だな。

もう一度魔力針を生成して餌をつけると再び水面へと垂らす。

次に釣り上げるのは一体誰か……。

「あ、きました！」

二匹目を狙っていると、次にヒットしたのはティーゼだった。

竿がしなって魔力糸がピンと張っているのが見える。

「糸を手繰り寄せて引っ張り上げてください」

「えいっ！」

ティーゼが竿を引っ張り上げる。

やや引き上げる強さが強かったものの幸いにして岩魚の口から針が外れることはなかった。

「イサギさん！　私にも岩魚が釣れました！」

「やりましたね！　初めてなのにこんなにもすぐに釣れるなんてすごいです！」

俺は釣りの経験こそ少ないが、この竿のことを誰よりも熟知している。しかし、ティーゼは釣り竿を握るのが初めての初心者だ。そんな彼女がこんなにも早く釣り上げることができるとは。

「何となく岩魚さんの泳ぎたい方向を予想して、餌を置いてみたら食いついてくれました」

空を自在に飛び回るティーゼには、水の中を泳ぎ回る岩魚の気持ちが何となくわかるのかもしれないな。

「次に釣り上げるのはあたしよ」

「いいえ、私です」

岩魚を釣り上げていないのはレギナとメルシア。

どちらが先に釣り上げるかでビリが確定する。

別に誰が一番に釣れるかを競っているわけではないのだが、ビリは嫌なようだ。

メルシアは落ち着いた表情で静かに待つ中、レギナは端から見てもわかりやすいほどに力が入っていた。

そんなに闘志を燃やしたら岩魚たちがビビッて逃げちゃうんじゃないだろうか。

水面を見てみると、レギナの周囲にいた岩魚がサッと離れていた。

野生としての本能がその場にいるのは危険だと判断したのかもしれない。

「申し訳ございません。レギナ様、私が先です」

「なあっ！」

そんな結果、静かに待っていたメルシアがあっさりと岩魚を釣り上げてしまいレギナのビリが確定するのだった。

35話　宮廷錬金術師は渓流で岩魚と夏野菜を堪能する

「たくさん岩魚が釣れましたね」

渓流でのんびりと釣りを楽しむこと一時間。

広げたスライムシートの上には絞められた岩魚が四十二匹並んでいた。

釣り上げた数は俺が十五匹、ティーゼが十二匹、メルシアが九匹、レギナが六匹といった割合である。

「今回が初めての釣りになりましたけど、ティーゼさんはどうでした？」

「とっても楽しかったです！　魚って意外と力が強いんですね！　ビックリしちゃいました」

初めて釣りをしたティーゼであるが、皆と同じように楽しんでもらえたようでよかった。

「イサギとティーゼの釣り上げた数が半端ないわね。あたしの二倍以上あるんだけど……」

「魔力針の方が繊細な感覚を掴みやすいってのもあるかもしれないね」

プラミノスで生成したものと比べると自らの魔力で作り出した針の方が鋭敏だ。

そういった意味ではレギナとメルシアはハンデを背負っていたと言えるだろう。

「魔力針組はズルいわ」

「レギナも練習したら作れるようになるよ。その釣り竿はあげるから時間がある時に魔力針の生成練習をしてみて」

「ありがとう。次はたくさん釣り上げられるように頑張ってみるわ」

メルシアは知恵を使い、レギナは野性的な感覚を持って岩魚を釣り上げていた。

二人が魔力針を生成できるようになれば、きっと俺なんかでは敵わない釣果を上げるに違いない。

「さて、これだけ数があれば十分だし、昼食の準備をしようか」

「そうですね」

早朝から出発したのですっかりお腹がペコペコだ。

「ねえ、あたしはもう少し釣っていい？」

「別にいいけど、まだ釣るの？」

「父さんがいることを考えると、ちょっと数が心許ないなーって……」

頬をかきながら苦笑するレギナ。

料理が苦手だから言い訳をしているとか、そんなわけではないようだ。

岩魚の数は四十二匹。

コクロウを頭数に入れて均等に割っても一人七匹は食べられる計算なんだけど……。

「ライオネル様って、そんなに食べるの？」

「……それはもうたくさん食べるわ」

「なら、追加で釣ってきてもらおうかな」

「任せて！」

「では、私も釣ってきてもいいですか？」

レギナが釣り竿を手にして走ると、今度はティーゼがおずおずと尋ねてくる。

紅潮した頬を見ると、すっかり釣りにハマってしまったらしい。

「それほど調理に人手が必要なものでもないのでティーゼさんも追加で釣ってきてください」

「ありがとうございます。たくさん釣ってきます！」

俺の代わりにメルシアが返事をすると、ティーゼは嬉しそうにレギナを追いかけた。

「すっかり釣りにハマったみたいですね」

「農業以外にも色々な楽しみを見つけてくれると嬉しいものだね」

ティーゼとキーガスがこちらに滞在しているのは農業について学ぶためであるが、それ以外の知見を手に入れても何ら問題はないわけだ。

今日の出来事が彼女の人生においてよき思い出になってくれることを願うばかりだ。

「さて、岩魚の下処理をしようか」

「そうですね」

ティーゼの後ろ姿を見送ると、俺たちは岩魚の下処理を行うことにする。

ナイフでお腹を開くと、内臓をすべて取り除く。

お腹の中にある血合いを丁寧に水で洗い流すと、錬金術で土串を作成。

岩魚の体に串を通していく。

が、体にぬめりがあるせいか滑って難しい。

対面にいるメルシアがするすると串を通していく。

俺が一匹通し終わる頃には彼女は三匹ほどの通しを終えていた。

「さすがはメルシア。上手いもんだね」

「子供の頃からやっていた作業ですから」

素直に称賛の言葉を口にすると、メルシアは返事をしながら耳元の髪をかき上げる。

クールに返事をしているけど、ちょっと照れくさかったみたいで頬が若干にやけているし、尻尾がブンブンと嬉しそうに揺れている。

うちのメルシアのこういったところが可愛らしいと思う。

「イサギ様、焚火の用意をお願いしてもいいでしょうか？」

「わかった」

三十匹ほどの串打ちを終えたところでメルシアに焚火の作成作業を頼まれる。

ちょうど串を通す作業に疲れてしまった俺は、そんなお願いを快く受け入れた。

周囲にある枝葉をレピテーションでかき集める。

通常なら乾燥しているものだけを選別する必要があるのだが、俺には錬金術がある。

たとえ、湿気た枝でも乾燥を施せば一発で立派な薪だ。

枝葉を組み上げると、そのまま魔法で着火する。

魔法で風を送り、薪を重ねていくと炎が大きくなってくれた。

焚火が完成した頃にはメルシアの手によって岩魚の串打ちがすべて完成していた。

「あとは飾り塩をするだけだね」

マジックバッグからバットを取り出すと、その上に岩魚を載せた。

「少し荒めの塩をヒレに塗り、粒子の細かい塩を全体にまぶすのが美味しく焼き上げるコツです」

「へー、ただ塩をかけるだけじゃダメなんだ」

「この塩加減が岩魚の味を左右するといっても過言ではないので手は抜けません」

きっと俺が知らないだけで、普段作ってくれている料理もこだわってくれているんだろうな。

改めていつも美味しい料理を作ってくれるメルシアに感謝だ。

塩を振り終わると、あとは焼いていくだけだ。

炎を囲むようにして俺たちは岩魚の串を地面に刺していく。

風避け兼、串が倒れてしまわないように周囲に石を配置。

あとは火の調整をしながらじっくり焼いていくだけだ。

「ライオネル様とコクロウさんを呼んできます」

「ああ、それなら俺が行ってくるよ」

俺には火の調整や焼き加減がわからないし、大したことのできない俺が行く方がいい。

「では、お言葉に甘えて夏野菜の回収もお願いできますか？」

「うん。いいよ」

メルシアの代わりに立ち上がると、俺は上流へと移動。

岸辺にはブラックウルフがおり、夏野菜の入った籠とネットに包まれていたスイカを見張ってくれていた。

「見張ってくれてありがとう。これから食事にするけど、君たちも食べる？」

「「ウォッフ！」」

食事に誘ってみると、彼らは嬉しそうに尻尾を振って返事した。

ブラックウルフたちを伴って滝壺の方に移動すると、ちょうどコクロウがこちらに投げ飛ばされてくる。

俺は慌てて両腕を掲げて水飛沫を防いだ。

「ちょ、二人ともまだやってたんですか!?」

「何を言う。ちょうど身体が温まってきたところだぞ」

「どけ！　あいつを転がして、頭を踏みつけてやらねば気が済まん！」

「ああ、そうなんだ。じゃあ、岩魚の塩焼きも冷やしたスイカもいらないってことで……」

せっかく食事に呼んであげたのに、そんな態度をするのであれば必要ないだろう。

「待て待て冗談だ！　ちょうど腹が減って切り上げようと思っていたところだ！　なあ、コクロウよ？」

「……冷やしスイカが何よりも優先だ」

踵を返すと、ライオネルとコクロウが慌てて取っ組み合いを中止する。

そんなに慌てるなら最初の呼びかけにきちんと応じてくれればよかったのに。

ライオネルとコクロウを連れると、俺はメルシアたちの場所に戻る。

「おお！　いい匂いだな！」

焚火の周りには岩魚の串がたくさん突き刺さっており、魚の焼ける匂いが漂っていた。

岩魚から漏れる脂が炎に落ち、ジュウウッとかぐわしい匂いを放つ。

「ライオネル様、焼き上がるまでもう少しなのでお待ちくださいませ」

今にも手を伸ばしそうなライオネルを制して声をかけながらメルシアは岩魚の串を回していく。真剣な表情で焼き上げる彼女の表情はまるで職人のようだ。

俺の足元をうろついていたブラックウルフも岩魚の匂いに引き寄せられるようにして、焚火の傍に座り込んでいる。

焚火の傍に獣王、メルシア、ブラックウルフ……何だかシュールな光景だ。

焼き上がるまでにもう少し時間がかかるようなので、俺は錬金術を発動して簡易的なテーブルとイスを作っておく。

野外スタイルなのでお行儀よく食べるとも限らないが、腰を落ち着かせる場所があるに越したことはないだろう。

「追加で六匹釣れたわ！」

「私は八匹です」

錬金術で家具を作り終えると、レギナとティーゼが籠を手にして戻ってきた。

合わせて十四匹の岩魚が増えれば心強い。

「む？　その糸のない釣り竿はなんだ？」

「イサギが作ってくれた魔道具よ。魔力を流すと糸と針が出てきてとても便利なの」

「何だその面白くて便利そうな魔道具は!?　俺は貰ってないぞ!?」

「ライオネル様は滝壺でずっと遊んでいたじゃないですか」

そんな報告を受けていないといった顔で詰め寄られても困る。

とりあえず、あとで貸してあげることを約束し、ライオネルを落ち着かせた。

レギナとティーゼが追加で釣り上げてきた岩魚を絞めて、内臓などの下処理をし、スイカはまだかと催促してくるコクロウを宥める。

「イサギ様、岩魚が焼き上がりました」

「じゃあ、食べようか」

そうやって過ごしていると、食事の準備が整ったので俺たちは焚火の周りに集合。

メルシアから焼き上がった岩魚の串を受け取る。

丹念に飾り塩をしたお陰か高熱の炎に晒されても、岩魚のヒレが焦げてボロボロになっている様子はない。皮目には焼き色がついており、シルエットもとても綺麗だ。

俺たちはイスに腰を下ろすと、岩魚にかぶりつく。

「美味しい！」

皮はパリッとしており、中にある白い身はふっくらとしながらも淡泊な味わいをしている。

噛み締めるとあとから染み出てくるように脂の美味さが広がった。

お腹の方が身はふっくらとしており、やや脂身が強くて美味しい。

すっかり水分の抜けた頭はやや硬さがあるものカリッと香ばしく、胆嚢（たんのう）の苦みがアクセントとなっており味わい深い。

小骨はほとんどなく、比較的大きな背骨でさえも柔らかくなっているので問題なく食べられるのがいい。

「塩加減はいかがでしょう？」

「完璧だよ」

「塩気が身体に染み渡るようで美味しいわ！」

「うむ、美味いな！」

レギナだけじゃなくライオネルからも高評価を貰えてメルシアは安堵の笑みを浮かべた。

距離感が近いので忘れそうになるけど、王族を相手に料理を振る舞うっていうのは緊張するよね。

「とっても美味しいです！　陸地の魚というのはこんなにも美味しいのですね！」

ティーゼは砂魚とやらしか食べたことがなく、またそれがとてもマズかったので岩魚の美味しさにとても感激していた。

でも、特別に美味しく感じるのはきっと自分自身で釣り上げた魚だからだと思う。

「まあまあだな」

偉そうなコメントを漏らすコクロウだが、口元に白い身をつけていては威厳もへったくれもなかった。ちなみにブラックウルフたちは夢中になって岩魚の塩焼きを食べている。

「冷やした夏野菜もあるので食べてくださいね」

すっかり夢中になってしまったが、メインは岩魚だけじゃないからね。

中央に籠をおいて皆が取りやすいようにする。

同じように冷やしたスイカをカットしておいてあげると、コクロウをはじめとするブラックウルフたちが我先にとばかりに食べ始めた。

岩魚を一本食べ終えた俺は、箸休めとしてキュウリを手に取る。

カリッと小気味のいい音が口の中で響く。

口の中でキュウリの瑞々しさが甘みと一緒に溢れ出してくる。

他にもトマト、ナス、ピーマンと順番に夏野菜を味わう。

「うーん、冷たい野菜が気持ちいいわ！」

「今が旬というのもありますが、暑い中食べるのは絶品ですね」

トウモロコシ以外には味付けをしていないが、十分に素材の味を楽しむだけで満足できる味わいだ。我ながらいい改良を施したと思う。

「むむ、こんなにも新鮮で美味しい野菜を毎日食べられるイサギたちが羨ましいぞ」

獣王家にはコニアの商会を通じて農園の野菜を送っている。その際にはマジックバッグを使用してできるだけ鮮度が落ちないようにしているのだが、ここで収穫したばかりのものと比べるとどうしても鮮度に差が出てしまう。こうやって採れたてのものを味わえるのは田舎の農家の特権と言えるだろう。

「落ち着いたら大樹の農園にもイサギが改良した作物を植えたいわ」

「機会があれば是非」

俺としても王家が管理している畑には興味があるし、稀少な作物の栽培方法も気になるところだ。

「そのためには帝国の件を片付けなければなるまいな」

帝国の件が落ち着かなければ、ライオネルとレギナは獣王都に戻ることもできないし、俺とメルシアも迂闊に村を離れることはできない。

俺たちはただのんびりとした生活を送りたいだけなのに、こんなことを気にしないといけないなんて我が古巣ながら困ったものだ。

36話　宮廷錬金術師は胸騒ぎを覚える

ライオネルたちと渓流を満喫した一週間後。

メルシアと朝食の準備を進めていると、扉をノックする音が響いた。

スープを煮込んでいたメルシアと食器の配膳をしている俺は思わず顔を見合わせる。

互いにこんな朝早くから客人が来るなどという予定はないようだ。

となると、急な来訪になる。

たとえ、急ぎで話したいことがあるとはいえ、こんな早朝にやってくるのはちょっと非常識だ。ケルシーが寂しくなってメルシアに会いたくなったなどという微笑ましい用件であればいいんだけど、何となくそうじゃない気がした。

メルシアがコンロの火を止め、俺は配膳を中断して玄関に寄っていく。

扉を開けると、外にはレギナが申し訳なさと少しの焦燥が混ざった表情を浮かべて立っていた。

「レギナ様、どうされましたか？」

「朝早くからごめんね。ちょっと急いで伝えたい用件があったから」

「どうかしたの？」

いつもは軽口を叩いたり、俺たちの関係を茶化したりするレギナだが今回はまったくそんな素振りがなく、真剣な表情をしている。

何だか胸騒ぎがするな。

「実は砦の傍に帝国がやってきているわ」

「ええ!?　帝国がまた攻めてきたってこと!?」

だとしたら呑気に朝ごはんを食べている場合じゃない。

すぐに戦に備えようとすると、慌ててレギナが静止の声をあげる。

「いえ、そうじゃないわ!　ごめんなさい。あたしの言葉が足りなかったわ」

「あ、そうなんだ。はやとちりしてごめん」

急にレギナがやってきたことも相まってすっかり勘違いしてしまった。

何だ。帝国が急に攻めてきたんじゃないのか。

「具体的に説明すると、帝国の外交使節団が来ているのよ」

「え?　帝国に外交使節団なんてあるの?」

俺とメルシアの口から同じ意味合いの言葉が漏れる。

「いや、一応は国なんだしあるでしょ」

「だって帝国だよ?」

「帝国ですから」

ない物は奪ってしまえばいいという精神で侵略を繰り返す国家だ。

そんな国が使節団を据える意味があるのだろうか？

俺とメルシアが知らないだけで昔からあったのか、それとも今回の敗戦によって結成されたのかは不明だが、とにかく帝国に外交使節団があり、急にこちらまで押しかけてきたらしい。

「にしても、急にやってきたんだ」

「使節団を向けるにしても手紙でやり取りを交わし、もう少し丁寧に事を進めるのが普通なのでは？」

「普通はそういうものなんだけど、帝国はいきなりやってきちゃってね」

外交使節団の意味とは？　……結成されたのは最近という説が浮上してきた。

ただ単に失礼極まりない国として評価するのが正しいのか、それすらも何かしらの意図があってやっているのかわからない。

「追い返してしまうのはどうです？」

メルシアがやや辛辣なコメントをする。

そうされても問題ないくらいに帝国は失礼なことをしているのだから無理もない。

「それが使節団の代表に皇子がいるからできないのよね」

「帝国の皇子が⁉」

「ルドルフ＝アスタール＝レムルス。帝国の第三皇子ね」

滅多なことでは国の外に出てこない皇族。

しかも、皇位継承の高い第三皇子がわざわざ外交使節団の代表としてやってくるなんて。

帝国はどんな思惑を持ってやってきたのだろうか。

戦後の処理がようやく落ち着き、平和な時間を過ごせるようになったのだが、俺たちが心の底から平穏な暮らしを送ることはまだできないようだった。

四巻END

あとがき

本書をお手に取っていただきありがとうございます、錬金王です。

『解雇された宮廷錬金術師は辺境で大農園を作り上げる』の4巻はいかがだったでしょうか？

3巻では帝国からの侵略によって戦争を行うことになって内容がシリアスなものとなりました。3巻を執筆中には、4巻が刊行されることになれば、必ず一冊分は日常系の話を書いてやろう。そんな固い決意を抱きながら歯を食いしばっておりましたが、皆さまのお陰で4巻が刊行できることになってこうやって野望が形になりました。

一冊丸々スローライフです。やったぜ。

ようやく戦争が終わってくれたので、それの事後処理がありつつですが、プルメニア村での日常を描くことができて最高です。

本作品は書下ろしということもあって原稿を提出するのに時間がかかりがちなのですが、4巻の本文提出だけはとても優良進行で実際の締め切りよりもかなり早く完成させることができました。

イサギたちのスローライフを書くのは本当に久しぶりで楽しく、予定していたプロットよりも話数が膨らんでしまい泣く泣く削った話もあったほどです。

やはり、私はこういった日常ものを書いているのが一番性に合っているのだなと実感しました。

さて、4巻ですがイサギとメルシアが遂に同居を開始しました。

とは言いつつも鈍感なイサギと奥手なメルシアなので、ちょっとした変化はあるもののそこまで大きな変化はありません。

そもそも恋仲になる前からイサギとメルシアは半同棲みたいな感じだったので、劇的な変化は起きようもありません。そんなところも二人らしいですよね。

他には久しぶりに農業をやって作物を育ててみたり、夏バテ対策の魔道具を製作してみたり、キーガス、ティーゼたちが従業員に加わったことの変化など、4巻は本作品の良さやキャラたちの絡みを楽しめる内容に仕上がったものかと思います。

5巻もこのまま何事もなくスローライフで一冊書き切りたいところですが、さすがにそれはダメですよね。というわけで、5巻には何かしら動くと思うので楽しみにお待ちください。

また本作品はコミカライズが連載中です。

4巻が発売するのと同月にコミックの2巻も発売しますので、是非そちらもよろしくお願いします。

それではまた5巻でお会いできるのを楽しみにしております。

錬金王

解雇された宮廷錬金術師は辺境で大農園を作り上げる4
～祖国を追い出されたけど、最強領地でスローライフを謳歌する～

2024年2月22日　初版第1刷発行

著　者　錬金王

© Renkino 2024

発行人　菊地修一

発行所　スターツ出版株式会社

〒104-0031　東京都中央区京橋1-3-1　八重洲口大栄ビル7F
TEL　03-6202-0386（出版マーケティンググループ）
TEL　050-5538-5679（書店様向けご注文専用ダイヤル）
URL　https://starts-pub.jp/

印刷所　大日本印刷株式会社

ISBN　978-4-8137-9310-6　C0093　Printed in Japan

この物語はフィクションです。
実在の人物、団体等とは一切関係がありません。
※乱丁・落丁などの不良品はお取替えいたします。
　上記出版マーケティンググループまでお問い合わせください。
※本書を無断で複写することは、著作権法により禁じられています。
※定価はカバーに記載されています。

[錬金王先生へのファンレター宛先]
〒104-0031　東京都中央区京橋1-3-1　八重洲口大栄ビル7F
スターツ出版(株)　書籍編集部気付　錬金王先生

話題作続々！異世界ファンタジーレーベル
ともに新たな世界へ
2024年7月
5巻発売決定!!!

毎月第4金曜日発売
解雇された宮廷錬金術師は辺境で大農園を作り上げる
～祖国を追い出されたけど、最強領地でスローライフを謳歌する～
4
錬金王
Illust. ゆーにっと
グラストNOVELS
平和を取り戻した獣人村に
新たな来客が…!?
著・錬金王　イラスト・ゆーにっと
定価:1485円（本体1350円+税10%）※予定価格
※発売日は予告なく変更となる場合がございます。

ともに新たな世界へ

好評発売中!!

毎月第4金曜日発売

外れスキルでSSSランク魔境を生き抜いたら、世界最強の錬金術師になっていた 1

〜快適拠点をつくって仲間と楽しい異世界ライフ〜

著|マライヤ・ムー 今井三太郎 蒼乃白兎

画|福きつね

最強のラスボス達を仲間にして人生大逆転!!!

グラストNOVELS

著・マライヤ・ムー 今井三太郎 蒼乃白兎　イラスト・福きつね

定価:1320円(本体1200円+税10%)　ISBN 978-4-8137-9147-8

話題作続々！異世界ファンタジーレーベル

グラストNOVELS

著・フクフク　　イラスト・中林ずん

定価:1320円（本体1200円+税10%）　ISBN 978-4-8137-9132-4

話題作続々！異世界ファンタジーレーベル

ともに新たな世界へ

2024年4月
2巻発売決定!!!

毎月第4金曜日発売

引退した真の勇者、
辺境の地でまだまだ大活躍!?

著・丘野優　イラスト・布施龍太

定価:1430円（本体1300円+税10%）※予定価格

※発売日は予告なく変更となる場合がございます。